길 위의 예술가들

길 위의 예술가들

이다빈 씀

| 프롤로그 |

나를 찾기 위한 동행

길을 걷다가 스님 한 분을 만났다. 스님의 법명은 도학道學이었다. 그는 세간에서 만난 사람들과 함께 노래를 부르고 다녔다. 스님과 함께 예술 활동을 하는 사람들은 어떤 사람들일까 궁금했다. 그렇게 나는 스님의 길을 따라 나섰다.

불가에서는 안거 기간의 수행을 마친 승려가 선지식을 찾아 자유롭게 돌아다니며 수행하는 것을 만행萬行이라고 한다. 경허 스님은 만행을 하다가 말년에 승려의 삶을 버리고 저잣거리의 중생으로 돌아갔다. 인도의 까비르는 시장바닥에서 베를 짜다가 사람들이 살아가는 모습에서 깨달음을 얻어 성자가 되었다. 혹시 도학 스님의 전생은 까비르가 아닐까. 하지만 TV를 보다가 울고, 골목대장 같기도 하고, 순진무구한 어린애 같기도 한 그를 이해하기 쉽지 않았다. 목탁 치는 스님만 보다가 속인들하고 어울려 다니는 스님의 만행을 이해하기 위해서는 도덕과 상식에서 잠시 멀어져 있어야 했다.

썰물 때 모래 개펄에 구멍을 파고 사는 달랑게는 세상 밖으로 나와 모래 언덕을 향해 끈기있게 도전한다. 게들은 언덕 꼭대기에 이를 때까지 멈추지 않는다. 구멍 속에 처박혀 있어도 될 것을 매번 비탈을 오른다. 이처럼 자연은 스스로 리듬을 만들어내고 매순간 그것에 호응해 간다. 우리 삶에서도 중요한 것은 도달해야 하는 목표가 아니라 길을 가는 행위 아닐까.

나는 내가 어디서 온 건지, 어디로 가고 있는지 알고 싶은 삶의 여행자이다. 계속해서 앞으로 나아가고 있지만 어쩌면 내가 원래 있던 곳으로 되돌아가는 행위를 하고 있는지도 모른다. 외로운 그 길 위에서 만난 예술가들과 홀로된 느낌을 나눠 보려 한다. 그동안 차마 하지 못했던 속 깊은 이야기를 그들은 악기와 노래, 그림과 춤, 낭송으로, 나는 시詩를 통해 털어내 보려 한다. 그래야만 진정한 나 자신을 만날 수 있기에.

| 목차 |

말 대신 소리로 나누는 대화

–일산 강촌공원

오롯이 기타에만 평생 몰입하여 숨쉬듯 자연스럽게 기타를 잡고 있는 김광석 선생은 일산 강촌공원 벤치에서 기타 연주로 인사를 대신했다. 도학 스님은 자연스럽게 그 옆에 앉았다.

기타 치는 사람은 수없이 많지만 같은 소리를 내지 않는다. 기교 없는 깔끔한 연주로 영혼을 울리는 김광석 선생은 언제나처럼 무표정한 얼굴로 '동백아가씨'를 연주하기 시작했다. 스님도 반주에 맞추어서 자연스럽게 노래를 불렀다.

"헤일 수 없이 수많은 밤을 내 가슴 도려내는 아픔에 겨워~"

도학 스님도 노래 삼매三昧에 빠져들었다. 스님의 가슴을 도려내는 수많은 밤과 김광석 선생의 동백꽃잎에 새겨진 사연은 새로운 생명을 얻어 공원에서 꽃을 피웠다. 그 꽃향기에 길을 가던 사람들

도 그들의 화음에 빠져들었다. 어울릴 듯 말듯 어색하게 앉아 있는 두 사람을 궁금해 하며 쳐다보던 사람들도 흔치 않은 공연에 발걸음을 멈추었다.

김광석 선생은 관중의 시선에 아랑곳하지 않고 이번엔 '홀로아리랑'을 연주한다. 스님이 무엇을 부를지 이미 알고 있는 듯했다. 그들은 말 대신 소리로 대화를 나누었다. 두 사람이 내는 소리는 물처럼 흘러 나무와 햇살에 녹아들었다.

40년의 세월 동안 우리나라의 내로라하는 가수들과 같이 연주를 해온 김광석 선생은 만날 때마다 늘 똑같은 사람이다. 그는 사람과 장소를 가리지 않는다. 아니 사람과 장소에 관심이 없는 것 같다. 그의 연주를 들은 사람은 그를 잊지 못한다. 그런 그가 창녕에서 인연을 맺은 스님의 공연에 기꺼이 연주를 맡아주는 것은 그의 이력만 보면 이해가 가지 않는다. 음악으로 구도의 삶을 살아오지 않았다면 불가능한 일이다.

무대 위의 연주자는 가수보다 주목받지 못하는 현실 때문에 지금도 그를 가수 김광석으로 착각하는 사람이 많다. 하지만 그는 1세대 기타리스트이며 그의 연주를 들은 사람이라면 그의 진가에 새삼 놀란다. 욕심없는 순수함이 그의 연주에 스며들어 있기에 듣는 이도 자연스레 마음이 동하게 되는 것 아닐까.

인연 찾아 떠나는
도학 스님

만행

– 길에서 만난 사랑

바람 따라 물 따라 구름 따라

인연 골목 돌다가

사랑으로 만난 빈산의 아버지

받는 기쁨 짧아

텅 빈 하늘 그리움으로 울다가

한 생각 버리고

두륜산 굽이길 돌아 대흥사 들어서니

절간에서 들려오는 마음의 소리

꿈속 꿈 부모설움 세상 모든 인연

출가로 벗어놓았다

큰 숲에 별똥별 지고

양금 같은 허무 삼키며

번뇌의 저잣길 걸어갈 때

모든 중생 부모자식 아니더냐

은사 스님 가르침 계율처럼 따라와

행복 가득한 보금자리

여섯 아이 내려놓고

배고프면 먹여주고

어리석고 어둔 마음 밝혀주어

햇살 가득한 봄날

사랑도 미움도 없이

바람길에 떠나보냈다

그는 합장 대신
취하지 않는 술을 건넨다
그는 절 대신
마음 둘 곳 없는 사람들을 껴안는다
그는 바람 같은 말 대신
속살 같은 노래를 부른다
그는 가끔씩 각성의 화살을 쏘며
자리도 없이 누운 사람들 일으킨다

이제 알겠소
묵언으로 구부러진 길을 가는 그 뜻을
이제 알겠소
헛돌아 쉬어가며 부르는 그 노래를

"힘들게 한다고
멀리 가는 게 아니야.
부드러움 속에
강한 게 있는 거야."

우리 은사 스님 시봉을 6개월 이상 한 스님이 없었어. 칼 같은 분이었거든. 은사 스님이 때려도 도망 안 가고 맞고 있는 사람은 나랑 딱 한 명뿐이었어. 말로도 많이 맞았는데 사실 말로 맞는 게 더 아파. 샤워하려고 몸에 비누 거품을 묻혔는데 내려오라고 문을 두드리면 바로 내려가야 돼. 그러다보니 수백 명 상좌 중에 은사 스님 앞에서 농담하는 사람은 나밖에 없었어. 은사 스님 시봉을 3년 하다 보니까 잔정이 많은 분이라는 걸 알게 되었어. 결국 나는 은사 스님이 평생을 입었던 옷까지 물려받았지.

은사 스님이 나를 자기 밑에 두려고 하니까 대중공사가 열렸어. 일종의 항의집회 같은 거지. 은사 스님이 항렬대로 하지 않고 나를 올렸으니 회의를 하게 된 거야. 대흥사 법당 회의실에 백 명 가까이 되는 스님들이 서열대로 앉아 있는데 나는 죄인 아닌 죄인이 되어 저 말단에서 고개도 못 들고 있었지. 근데 맏형뻘 되는 스님 혼자 나를 변호하는 거야. "나는 도학이를 잘 안다. 너희가 중 생활하면서 했던 절을 모두 합쳐도 도학이가 절한 것의 반도 안 될 거다." 라고 하는 거야. 그 한 마디로 판이 정리된 거지.

내가 출가 전 부산에서 불교청년회 회장을 했을 때 삼천 배 모임을 만들어서 성철 스님 계신 곳으로 한 달에 한 번 삼천 배를 하러 다녔어. 삼천 배를 하고 나면 그 다음날 성철 스님을 친견할 수 있었거든. 처음에 회원 백 명이 법당에서 삼천 배를 시작했는데 끝까지 하는 사람이 여섯 명뿐이었어. 저녁 먹고 법당에 가서 9시쯤 시작하면 새벽 4시까지 하거든. 죽비를 딱 하고 한 번 치면 내려가고 따닥 하면 올라오는데 나중엔 이게 악마의 소리로 들려. 편한 추리닝을 입고 삼천 배를 하는데 살이 닿는 데는 다 까져. 물집도 생기고. 그럴 수밖에 없어. 삼천 번을 마룻바닥에 닿는다고 생각해봐. 양말도 구멍이 나. 주관하는 스님이 염주알을 돌리면서 관장하니까 우리는 세지 못하는데 이천몇백 배라고 짐작되는 순간이 되면 고통이 싹 없어져. 삼매에 드는 거지. 그러면 몸은 자동으로 움직이고 피가 흘러도 모르는 거라. 근데 그 다음날 아침 새벽예불 때 삼 배를 하는데 무릎이 안 굽혀져서 덜덜 떨다가 쿵 하고 넘어졌어. 또 떨면서 일어났지. 삼천 배를 하고 나면 일주일 동안 몸은 힘들지만 마음은 환희심에 차서 하늘을 나는 기분이야.

마지막엔 네 명만 남았어. 그러다보니 성철 스님과 친해졌어. 어느 날 절을 하고 나서 샤워를 하고 있는데 누가 문을 벌컥 열길래 우리 일행인 줄 알고 "어느 놈이고!" 하며 소리를 질렀는데 "내 놈이다!" 하는 거야. 딱 돌아보니 성철 스님이야. 샤워를 하고 성철 스님을 친견하러 갔더니 "내놈 요 있다." 하시는 거야. 당시 삼천 배를 해야 성철 스님을 친견할 수 있다는 것에 대해 말들이 많았어. 주변 사람들은 내가 삼천 배 하러 간다니까 그 양반이 뭐 대단하다고 그럴 필요 있냐고 했지. 그럴 때마다 나는 한 번이라도 해보고 나서 이야기하라고 말했어. 삼천 배를 통해 고통을 맛 본 사람이 행동과 이해력이 빠르다는 걸 나는 알았거든.

삼천 배를 해본 사람은 뒤에서 보면 한 마리 학이 사뿐 내려앉았다가 올라가는 듯해. 힘을 쓰는 사람들은 방석이 왔다 갔다 하지. 갓바위와 3대 기도처 같은 데를 가보면 매일 삼천 배 하는 보살도 있어. 그 사람들은 뒤에서 보면 힘이 하나도 안 들어가. 힘들게 한다고 멀리 가는 게 아니야. 부드러움 속에 강한 게 있는 거야. 힘으로 하면 오백 배도 못해.

"나는 우리 아버지가
부처였다고 생각해."

아버지에게 몇 번 맞은 적이 있는데 지금 생각하면 더 맞았으면 싶어. 한 번은 아버지를 따라 어떤 집에 가게 되었어. 그 집 형편이 좋지 않아서 조그만 방에 여러 명이 붙어 자고 한참을 내려가야 하는 공중화장실을 써야 했지. 어린 마음에 싫어서 투정을 부렸더니 아버지는 내가 호강에 받쳐 산다며 종아리를 때렸어. 아버지는 매를 들 때 항상 이유를 얘기했어.

나는 우리 아버지가 부처였다고 생각해. 아버지는 당시 부산에서 잘살기도 했지만 늘 주변의 어려운 사람들을 도와주어서 존경받았어.

중학교 2학년 초파일 며칠 앞둔 음력 4월 5일에 아버지가 돌아가셨어. 아버지는 마지막 숨을 몰아쉬면서 내 손을 잡고 계속 내 이름을 부르셨어. 나는 놀라서 "엄마, 들어오세요!" 하고 고함을 질렀어. 친척들도 바깥에 있다가 모두 들어왔지. 그래도 아버지는 여전히 내 이름만 부르시는 거야. 급하게 숨을 몰아쉬던 아버지가 갑자기 몸에 힘이 빠지더니 세상을 떠나시고 말았어. 근데 눈은 감지 못하고 있으신 거야. 큰집 사촌형님과 어머니가 아무리 눈을 감겨도 눈을 뜨시더라고. 그때 무슨 생각이었는지는 모르겠지만 내가 일어나서 "잘 가세요." 하고 눈을 감겨드리니까 아버지는 눈을 감으셨어. 지금도 사촌형님이 나한테 그 얘기를 해. 내가 안 감겨 드렸으면 한이 맺혀서 눈을 못 감으셨을 거라고.

아버지가 돌아가시고 나서 내 삶이 완전히 바뀌게 되었지. 어머니를 통해 입양 사실을 알게 되었어. 나를 낳아준 친부모가 사는 게 힘들어서 키우지 못하는 상황이 되자 아버지에게 나를 맡겼다는 거야. 아버지가 안 계시자 어머니, 누나가 나를 많이 괴롭혔지. '나는 이제 끝났구나.'라는 생각이 들었어. 아버지가 참 그리웠어. 아버지가 살아계실 때만 해도 부족할 것 없이 잘살았거든. 어떻게 살아가야 할지 참 막막했어. 혼자가 되었다는 생각 때문에 많이 외롭기도 했고.

내가 음악을 하게 된 것은 고등학교 2학년 때부터야. 당시엔 기타 메고 노래 부르고 다니면 손가락질 받던 시대였지만 친구들하고 용돈을 모아서 기타를 사고 밴드를 만들었어. 어머니 반대가 워낙 심했는데 기타 치다가 들키는 바람에 몇 대나 부러졌지. 그래서 자주 가던 학교 앞 분식집 골방에 기타를 숨겨 두었다가 소풍이나 캠핑 갈 때 가져가곤 했어. 거기에 냄비를 엎어놓고 나무막대기 주워서 두드리면 간이음악회가 되었지. 기타 치며 노래하고 고함을 지르면 속이 후련해졌어. 구박받은 설움이 그 순간 하늘로 날아가 버리는 거야. 음악 덕분에 그나마 외로움을 견딜 수 있었지.

그러던 어느 날 TV를 보는데 '기러기 아빠'라는 4부작 프로그램이 방영되고 있었어. 주인공이 40대 초반의 택시 운전기사였는데 고아 일곱 명을 키우고 있는 거야. 그 프로그램을 보면서 탁 꽂혔지. '아, 저 사람이 예수고 부처구나. 나도 저런 삶을 살아야겠다. 언젠가 출가해서 나보다 더 어려운 아이들을 키워야겠다.'고 다짐

하면서 마음 속에 서원을 세웠지.

대학 졸업하고 대기업에 입사했어. 당시 대기업에 다니면 중매가 많이 들어왔는데 나는 결혼할 생각이 없어서 선을 보러 나가면 이렇게 말했지. 다른 건 필요 없고 딱 한 가지 조건만 들어주면 당신하고 결혼하겠다고. 상대방이 호기심어린 눈으로 뭐냐고 물었어. 고아 좀 키워줄 수 있냐고 하니까 바로 반응이 오는 거야. 미친 놈이라고 중매쟁이까지 욕했지. 그 뒤로는 중매도 안 들어오대.

고아를 키우기 위해서 어떻게 해야 할까 계속 생각하다보니 성직자가 되면 그 꿈을 이룰 수 있겠다 싶었어. 우리 집안도 불교고 나도 불교니까 자연스레 승려가 되는 게 좋겠다고 생각한 거지. 나는 남들처럼 부처되려고, 득도하려고 출가한 게 아냐. 순전히 고아들 키우려고 출가한 거야. 여섯 아이를 키웠으니 소원을 이룬 셈이지.

"그래도 그 아이들 덕분에
따뜻한 밥 얻어먹었잖아.
나 혼자 있으면
밥을 제대로 챙겨 먹었겠어?"

내가 키운 아이들 부모 중 한 명이 기저귀도 안 뗀 아이를 업고 왔을 때가 가장 당황스러웠지. 그 아이를 돌보려면 내가 하루종일 딱 붙어 있어야 하는데 어떻게 키우겠나 싶더라고. 막상 거절을 하려니 마음이 아파서 결국 맡게 되었어.

부모가 일을 나가는데 아이 둘을 숙식 제공하는 어린이집에 맡기면 한 달에 80만 원이 드는 거야. 일주일에 한 번 찾아와서 데려가고 다시 일주일을 맡기는 생활을 하고 있었어. 수입이 한 달에 100만 원 남짓 됐는데 하도 힘드니까 아이들을 고아원에 보내려다가 지인의 소개로 나한테 맡기게 된 거야. 그때 내가 아이들을 맡으면서 한 가지 제안을 했지. 내가 아이들을 봐줄 테니까 보육비 80만 원을 3년 동안 적금에 넣어 두라고. 그러면 가게 하나 낼 수 있는 돈을 모을 수 있을 거라고. 그 부모는 내가 말해준 대로 돈을 모아서 분식점을 열었는데 장사가 잘 됐어. 방 딸린 가게라 거기서 아이들하고 생활할 수 있게 되었어. 근데 아이들이 부모한테 안 가려고 하는 거야. 달래고 얼러서 겨우 데리고 갔지. 조금 있으니 아이들 엄마한테서 전화가 왔어. 아이들이 스님한테 데려다 달라고 드러누웠다는 거야. 몇 번이나 그 집을 들락거리다가 결국 다시 아이들을 맡게 되었어.

오전 시간 대부분을 아이들 등교시키는데 다 보냈지. 초등학교 다니는 아이들이 먼저 나간 뒤에 유치원 차가 오면 남아 있던 아이들까지 마저 보내고 아이들이 벗어놓은 옷을 빨고 나면 녹초가 되었지. 그래도 그 아이들 덕분에 따뜻한 밥 얻어먹었잖아. 나 혼자 있으면 밥을 제대로 챙겨 먹었겠어? 아이들하고 레슬링 한 판 하면서 뒹굴다 보면 온몸이 욱신거려서 거울 보고 파스 바르는 게 일과였지.

절집에서는 고기와 자극적인 음식인 오신채를 안 먹는데 어린 아이들을 데려다 키우다 보니 고기를 안 주면 안 되겠더라고. 아이들은 수행자나 승려가 되려고 들어온 게 아니니까 그 나이에 맞게 살아야 되잖아. 그래서 일주일에 한 번씩 아이들하고 같이 장을 보면서 각자 먹고 싶은 걸 고르게 했어. 여섯 아이를 데리고 장보러 다니면 진땀이 나.

그 나이에는 옷이나 신발에도 예민하니까 기 살려 주려고 메이커 있는 옷을 입혔어. 절집 아이들이 무슨 그런 옷을 입고 다니느냐고 학교 선생이 전화를 했는데 그때 나는 아이들이 부모도 없는데 옷이라도 잘 입고 다녀야 하지 않겠냐고 말했지. 그러니까 선생이 아무 말 못하대. 다른 절집처럼 아이들 머리 빡빡 깎여 놓고 승복 입혀서 학교에 보내긴 싫었어. 그러면 왕따 당하잖아. 그 아이들의 인권은 어떻게 되는 거야? 나는 내가 선택해서 절에 들어온 거지만 아이들은 아니잖아. 평범하게 키우고 싶었어. 수업료만 국가 지원을 받았기 때문에 재정적으로 항상 쪼달렸지.

그러던 어느 날 아는 스님한테서 연락이 왔어. 김해에 비어 있는 집이 있는데 아이들을 데리고 와서 살라는 거야. 당시 네 살, 여섯 살 되는 아이 두 명을 안고 갔는데 보일러도 없고 폐가 같았어. 기가 막혔지. 전기장판이 하나 있었는데 남자가 누우면 발이 나오는 크기였어. 아이들을 폭 안고 잤지만 나도 아이들도 모두 감기에 걸렸지.

그 동네는 처음이라서 병원을 찾느라 헤맸어. 다행히 한 곳을 발견해서 들어갔지. 접수를 했더니 네 살짜리 애가 폐렴 증상이 있어서 입원을 시켜야 된대. 입원수속을 밟고 있는데 수중에 16만 원이 남아 있더라고. 그 돈으로는 입원비도 안 나와서 누구한테 말도 못 하고 발만 동동거렸지. 하도 답답해서 원장실 옆 정수기에서 냉수를 몇 잔 마시다가 원장 사진을 자세히 보니 어릴 때 알던 얼굴인 거야. 중학교 때 1,2등을 다투던 친구였지. 혹시나 하고 원장실 문을 두드렸어. 그때 내가 승복을 입고 있었는데도 친구가 나를 바로 알아보더라고. 그 친구에게 자초지종을 설명했지. 그랬더니 그 친구는 병원비뿐만 아니라 아이들 먹이라고 100만 원을 주었어. 그렇게 한숨 돌리고 저녁 때 식사를 하면서 옛날 얘기를 하는데 내가 어릴 때 자기한테 인간적으로 너무 잘해주더라는 거야. 나는 기억이 잘 나지 않는데 그 친구가 그렇게 말하는 걸 보니 내가 헛살지는 않았다는 생각이 들었어.

길도 모르는 내가 그 병원을 어찌 알았을까. 그리고 그 친구를 만나게 된 것도 신장님이 도운 거라는 생각이 들었어. 그때부터 아이들 키우면서 다치면 무조건 그 병원으로 달려갔지. 그 친구가 원장이니 입원비, 치료비 모두 공짜였어. 그 친구는 아이들에게 조금만 이상이 있어도 데리고 오라고 했어. 아이들을 키우다보면 사고가 많이 나는데 그 친구 덕을 엄청나게 봤지. 나는 살아가면서 극한 데까지 가면 우여곡절 끝에 일어서는 경험을 많이 했어. 자기가 살면서 심어 놓은 것이 어떤 순간에 발화되는 시점이 있어. 하지만 그런 걸 바라면 안 돼. 힘든 시기를 공부라고 생각하고 넘겨야 해.

그렇게 키운 아이들이 스무 살이 되어 다 나갔어. 작년에 마지막으로 막둥이가 경북과학대 군사기술과 졸업하고 직업군인 코스를 밟으려고 김해로 가게 되었어. 쌀부터 프라이팬, 냄비, 도마까지 살림살이 한 차 실어주고 돌아왔지. 그날 법당에서 혼자 밤새 울었어. 그 애가 오빠랑 기저귀도 안 떼고 왔으니까 나랑 같이 산 지도 거의 20년 다 됐지. 결국 원점으로 돌아가는 거야.

감성 연주자
김광석

이 소리는

서둘러 핀 꽃들이

바람소리 따라

사람 그리워 달려가고

길 잃은 말들이

왔던 곳으로 되돌아가는

저 햇빛 따스한 숲의 소리

나무에서 쫓겨난 잎들이

바람소리 따라

다시 봄을 피우고

길 잃은 사랑이

숨차게 다시 일어서는

저 달빛 황홀한 강의 소리

"잃는 게 있으면 얻는 게 있고,
얻는 게 있으면 잃는 게 있어."

나에겐 인생의 터닝포인트가 세 번 있었어. 한 번은 순수한 본능으로 집을 나온 거야. 또 한 번은 잘나가는 미8군에서 공연하다가 나온 거고, 나머지 한 번은 당시 우리나라 최고 클럽을 나와 버린 거지.

나는 다섯 살 때 초등학교에 들어갔어. 부모님과 유치원 선생님, 학교 선생님이 회의를 해서 나를 학교에 집어넣었어. 어렸을 때 다른 집에 놀러 가면 "전과 외워봐." 하는 게 인사였어. 그러면 그 앞에서 전과를 외웠지. 하지만 공부를 정말 하기 싫었어. 옛날에는 판사가 최고였으니까 우리 아버지는 내가 판사가 되기를 원했어. 그때 우리 집이 잘살았기 때문에 초등학교 1학년 때부터 고3 때까지 가정교사를 두었어. 고3 때 가정교사는 담임 선생님이었어.

우리 집 길 건너편에 레코드 가게가 있었어. 옛날에는 악기점이 없었고 레코드 가게에 기타 한두 개 걸어놓고 팔았는데 아버지가 그 기타를 여동생에게 사주었어. 근데 막상 여동생은 관심 없고 당시 중학교 1학년이었던 내가 혼자 깔짝거리며 치곤 했지. 그러다가 기타 학원에 가게 되었는데 '고향초'를 들려주더라고. 그걸 들으니까 화가 났어. 팔팔한 청춘한테 이런 궁상맞은 걸 왜 틀어주나. 그건 일종의 뽕짝이잖아. 그 다음날부터 안 갔어. 내 인생에서 음악 교육을 받은 게 그 5일이 전부야.

음악 때문에 아버지에게 어릴 때부터 많이 맞았어. 아버지는 그게 자식을 사랑하는 방식이었지. 아버지가 너무 심하게 반대를 해서 기타도 부서지고 가출도 몇 번 했어. 대학교 2학년 때 써클 회장한테 써클 활동에 기타가 꼭 있어야 한다고 아버지에게 협조문을 좀 보내 달라고 부탁했어. 아버지가 처음엔 안 사준다고 버티다가 나중에 사주었는데 스트레스를 엄청 주었지. 그래서 기타 하나 달랑 들고 집을 나와버렸어. 집도 그만두고 다니던 학교도 그만두었지. 갈 데도 없고 돈도 없어서 막막했는데 지금 생각하면 그때 잘 나온 것 같아.

내 경험으로 봤을 때 일찍 두각을 나타내는 건 별로 좋지 않아. 일찍 뜨게 되면 천재라는 자만심에 빠져서 가야 할 길에 방해가 될 수 있거든. 사춘기도 겪어야 하고, 진로도 찾아야 하고, 배우자도 만나야 되고, 사회의 불바다에도 뛰어들어야 하잖아. 잃는 게 있으면 얻는 게 있고, 얻는 게 있으면 잃는 게 있어.

집을 나와서 기타에 빠져 있다가 미8군에 들어갔어. 당시 음악하는 사람들은 회사를 통해 오디션을 보고 미8군과 계약을 맺었어. 근데 어느 날 누더기 옷에 뒤축이 다 닳은 구두를 신고 산발을 한 거지가 나타나서는 "광석 씨는 나하고 같이 서울 올라가서 음악해야 돼." 이러는 거야. 그 사람이 누군지도 모르는데다가 8군에서 일하다가 빠져나가는 건 회사가 발칵 뒤집히는 일이라 말도 안 되는 소리라고 생각했지. 근데 이 사람이 안 가고 일주일을 버티는 거야. 난 관심을 두지 않았는데 일주일 후 마스터가 나보고 그 사람과 같이 가라고 하는 거야. 그때 깜짝 놀랐지. 저 거지가 저러다 말겠지 했는데 반전이 된 거야. 떠나기 싫었지만 저 사람이 보기는 그래도 잘 나가는 사람이구나 하고 따라갔는데 멤버들도 거지였고, 악기도 사무실도 없는 거야. 그 사람 따라가서 보름 동안 당구장에서 자고 생라면 먹으면서 살았어. 다시 돌아가지도 못하고……. 그 사람 지금은 음악도 안 하고 어디 사는지도 몰라.

그러던 어느 날 부평 기지촌 근처 농지를 걸어가는데 웬 아줌마가 오더니 광석이 어디 있냐고 물어보는 거야. 보니까 어머니였어. 내가 병역 신체검사를 받지 않아서 더 미루면 병역기피가 되는 상황이 되자 어머니가 물어물어 나를 찾아온 거야. “엄마, 내가 광석이야.” 그랬더니 어머니가 내 아들 거지 됐다고 논두렁에서 대성통곡을 하는 거야. 다른 사람들이 거지 되는 거 보고 신기해 했는데 내 자신도 거지가 되었다는 걸 그때서야 알았어.

아버지한테 맞아죽을 각오를 하고 2년 만에 집으로 들어갔는데 아버지가 아무 말씀을 안 하는 거야. 근데 누나가 의학박사 학위를 받던 날 아버지가 마당에서 대성통곡을 했어. 되라는 놈은 안 되고 엉뚱한 놈이 박사학위 받는다고. 아버지 뜻대로 살았으면 나는 어떻게 됐을까. 이런 상황에서 나는 음악을 했어.

"어떻게 되겠다고 기타를 친 게 아냐.
그런 목적이 있었으면
지금처럼 될 수 없었을 거야."

통증 클
오십견
척추 ·
예약 : 03
연

옛날엔 클럽에서 음악하는 게 음악세계의 전부였어. 다른 세계는 없는 거야. 당시에 이태원 세븐 클럽이라는 곳이 있었는데 거기서 일한다면 최고 소리를 들었지. 거기서 나를 데리러 온 거야. 세븐으로 가서 1년 동안 너무 재미있게 했어.

그리고 1년 후에 히파이브(He 5)에 들어갔어. 공연을 하고 있는데 갑자기 누가 오리걸음으로 들어오면서 "광석 씨, 내일 시간 있어요?" 그러더니 "녹음실로 4시까지 나오세요." 하는 거야. 알고 보니 굉장히 유명한 드러머였어. 그 다음날부터 내가 녹음을 하게 된 거야. 지금이야 녹음실이 서울에만 해도 몇백 개씩 있지만 옛날에는 큰 녹음실이 두 개밖에 없었어. 큰 자본이 들어가는 거였거든. 녹음이 디지털화 되어 있는 요새 녹음실 개념하고 달랐어. 거기서는 일단 멤버들에게 인정받아야 했어. 내 기타 실력을 직접 확인하기 위해 전속세션팀원들이 클럽에 와서 며칠 동안 내가 연주하는 모습을 지켜보았어. 전속세션팀은 최고가 아니면 되기 어렵고, 전속세션맨이 되면 클럽에서 일하는 것과 다른 수입과 명성이 생겼지. 내가 녹음실 전속이 된 게 스물네 살이었는데 들어가니 나이가 전부 나보다 일곱 살 이상이었어. 열다섯 살이나 많은 분도 있었어. 그 녹음을 지금까지 잡고 있는 셈이지.

음악하는 사람들은 죽을 때까지 자기가 잘한다고 생각하지 않아. 그때 나는 길거리를 걸을 때도 기타를 메고 다녔어. 식당에서도 기타를 안고 밥을 먹을 정도였지. 그때는 자연스럽게 그렇게 했어.

요새는 그렇게까지는 안 해. 음반 2집이 CD 네 장 짜리인데 43곡이 들어가 있어. 장사익 씨와 같이 다닐 때 곡을 만들었는데 곡을 만드는 2년 동안 누구하고도 얘기를 안 했어. 스님이 볼 때는 그게 묵언 수행인 거지. 내가 묵언을 해야지 하고 그렇게 한 게 아니라 완전히 몰입해 있다 보니 그렇게 됐어. 장사익 씨가 그걸 다 지켜봤어. 둘이 같이 다녀도 거의 얘기를 안 했어. 장사익 씨는 내가 왜 그러는지 알고 있었어. 그때 나는 가만히 있는 게 아니라 기타를 치고 있었거든. 차를 타고 이동하면서도 항상 기타를 쳤어. 기타 치다가 잠들고 눈뜨면 기타를 친 거지. 그때는 어떻게 되겠다고 기타를 친 게 아냐. 그런 목적이 있었으면 지금처럼 될 수 없었을 거야. 목적이 있는 삶은 별로 좋지 않다고 생각해. 대기업 회장이 처음부터 부자가 되어야겠다고 마음먹은 건 아니었다고 생각해. 그랬다면 동네 부자는 될 수 있었겠지만 우리나라 최고의 부자는 되지 못했을 거야.

2년 동안 내면세계에서 벌어졌던 상상과 느낌, 독백들이 2집 앨범으로 탄생되었어. 앨범 타이틀이 '비밀'인데 이 앨범이 나왔을 때 집사람이 무슨 비밀이냐고 묻는 거야. 그걸 다 얘기하기도 곤란해서 말 안 했어. 그랬더니 집사람은 기어코 그걸 알아야겠다고 자꾸 캐물어서 엄청난 스트레스를 받았지.

고등학교 때 보컬을 했는데 노래를 잘 부르지 못해서 포기했어. 자기한테 없는 부분이 장점이 될 수도 있고, 자기가 갖고 있는 게 단점이 될 수도 있다는 것을 알아야 돼. 자신만의 노래를 만들었다는 장사익 씨 같은 경우도 음악에 대해서 잘 몰랐던 사람이지. 음악에 대해서 알고 있으면 자기 장르를 못 만들어. 삶의 소리를 자유롭게 표현한 것이 또 하나의 장르가 된 거지. 예술은 완성이 없어. 나는 완성이 없다고 보는데 남들은 그렇게 보지 않는 경우도 있지.

얼마 전에 박시춘 선생 기념공연을 하는데 나보고 '고향초'를 연주해달라고 하는 거야. 그래서 연습하는데 갑자기 눈물이 났어. 내가 이것 때문에 기타 학원을 안 갔는데……. 그러고 보면 나이 먹는다고 불행해지는 게 아냐. 살면서 미처 몰랐던 부분을 이 나이 때 아는 거야. 내가 지금까지 살아보지 않았다면 '고향초' 때문에 눈물 흘릴 일도 없었겠지.

"예술은 완성이 없어."

나비를 꿈꾸다

–평택 여선재

평택시 현덕면 마안산 아래에 있는 여선재餘禪齋에 들어서면 연음식전문점이라는 팻말이 무색하게 입구부터 카니 김석환 선생의 작품들이 줄지어 있다. '여유로움이 남아 풍요를 얻고 고요함이 넘쳐 평온을 찾는 곳'이라는 뜻을 가진 이곳은 호접지몽을 꿈꾸는 카니 선생이 만든 문화예술공간이자 그의 작업실이다. 소외된 것들에게 따뜻한 시선을 던지며 원초적 생명을 회복하고자 하는 카니 선생의 바람이 녹아든 공간이다. 그래서인지 그의 집에는 온갖 예술인들이 수시로 드나든다. 수많은 나비가 모여드는 이곳에 들어서면 화가, 음악가, 무용가, 시낭송가, 시인 모두가 경계를 허물고 어우러진다. 밥을 먹다가도 노래를 하고, 노래를 하다가도 시낭송을 한다.

작업실에 먼저 와 있던 여무 박일화 선생과 도도영희 선생이 카니 선생과 보이차를 나누어 마시며 곧 있을 남미 아마존 공연에 대한 이야기를 나누고 있었다.

행위의 흐름을 바꾸는 변칙들은 카니 선생의 삶에 배여 있다. 카니 선생은 찻잔을 내려놓더니 막걸리를 들고 물감 곁에 가서 앉아서 여무 선생을 불렀다. 여무 선생은 아무 말 없이 일어났다. 붓을 든 카니 선생은 여무 선생의 파란색 원피스에 그림을 그리기 시작했다. 파란색 옷에는 금세 생명의 꽃이 피었다.

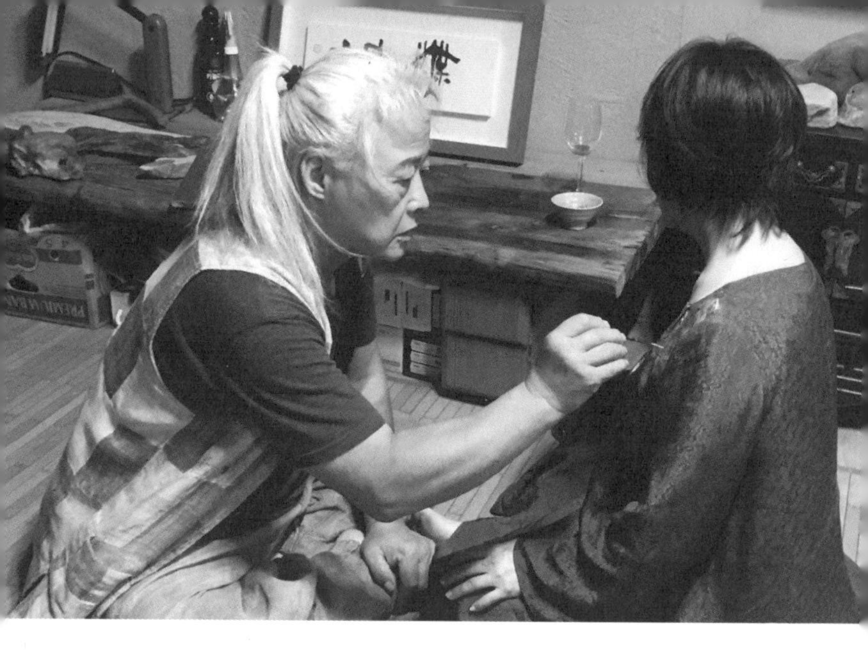

그 다음으로 카니 선생은 끊어진 기타 줄을 찾아 잇고 있는 도학 스님을 겨냥했다. 아무리 스님이라도 여기서는 카니 선생의 말을 따를 수밖에 없다. 삶은 연극이고 그것을 연출하는 사람은 카니 선생이니까. 그는 스님이 입은 5천 원짜리 옷에 500만 원짜리 나무를 심었다. 그림이 다 그려지자 스님은 그 위에 승복을 입었다. 얇은 여름 승복이라 나무가 비쳤다. 그래도 스님은 흡족한 표정이었다.

도학 스님의 2집 앨범에 수록된 '만행'의 작곡가 신석우 선생까지 도착하자 카니 선생은 흥을 이어 가려는 듯 모두 식당으로 가자며 유쾌한 발걸음을 옮겼다.

식당은 언제나 콘서트가 열릴 준비가 되어 있다. 식당에 도착하자 카니 선생은 기타를 들고 분위기를 한껏 살려 노래를 시작했다. 그리고나서 도학 스님에게 기타를 넘겼다. 기타를 건네든 도학 스님은 자연스럽게 한대수의 '하룻밤'을 부른다.

"하룻밤 지나서 저 초가집 안에 구수한 나뭇내 맡으며 오르는 새 하늘 날으는 흰구름 긴 숨을 한 번 또 쉬자~"

이 순간에는 소유해야 할 것도 잃을 것도 없으니 자신과 타인을 있는 그대로 인정한다. 구름이 흘러 돌아가고 벼랑에 서 있어도 외롭지 않은 시간, 여선재에 모인 예술가들은 그렇게 삶을 물들이고 있었다.

도도 | 고추를 이렇게 키우려면 어떻게 해야 돼?

도학 | 밤에 여자가 발가벗고 고추밭을 돌아다니면 죽던 것도 벌떡벌떡 일어난다니까.

카니 | 앞집 아줌마가 돌아다녀서 그렇게 잘 자란 거야.

도학 | 요새는 발가벗고 나오는 것도 하나의 예술 아이가.

여무 | 명상캠프할 때도 가끔 전라로 하는 경우가 있어.

카니 | 92년도에 도쿄에서 '탄생'에 대한 공연을 했어. 삼각팬티를 입고 그 위에 붕대를 감아서 팬티를 감추었지. 그게 '벗었다'는 상징의 표현이었어. 그러고서 문명을 상징하는 검은 천을 찢으면서 최초의 생명체로 돌아간다는 '태초의 샘'을 공연하는 거였지. 마지막에 검은 천에서 나가야 되는데 그 분이 오신 거야. 내 몸에 아무것도 걸치면 안 된다는 계시가 온 거지. 깨끗한 알몸으로 나가려고 하는데 칭칭 감아 놓은 붕대가 안 끊어지는 거야. 그 안에서 미친놈처럼 붕대를 막 풀었어. 근데 관객들은 그걸 기가 막힌 열연으로 보는 거야. 나는 붕대를 풀기 위한 몸부림이었는데 말이지. 붕대를 푸느라 온몸에 피멍이 들고 기진맥진한 상태가 되었어. 그렇게 결국 알몸으로 나갔지.

도학 | 해탈을 향한 고통이야.

카니 | 준비를 6개월간이나 했는데도 순간적으로 그렇게 바뀌는 거야. 근데 그게 오히려 좋은 결과를 가져올 때가 있어.

도도 | 의외의 성과를 얻은 거네? 살면서 그런 경우가 많아. 의도하지 않은 자연스러움이 훨씬 재미있어.

여무 | 종이옷을 입으면 그런 집착이 전혀 없어. 그 테마에 맞춰서 항상 새로운 옷을 만들고 끝나면 물에 떠내려 보내니까.

도학 | 제일 간단한 게 종이지. 자연하고 가장 잘 어우러지잖아. 지수화풍, 사대로 다 돌아가는 기지. 바람으로 돌아가고, 불에 태워서 돌아가고, 물에 젖어서 녹고, 땅으로 사라지고.

여무 | 들어갈 때는 종이옷을 입고, 나올 때는 알몸이 되니까 카메라가 저 멀리에서 잡고, 나는 사람들 안 보이는데서 나오지.

도도 | 나는 스님, 목사님, 신부님이 하는 말이 머릿속에 안 들어와. 스님, 도대체 법문이 뭔데?

도학 | 당나라 시인 백락천이 도림 선사를 찾아가서 "불교가 도대체 뭐요?" 하고 물었어. 그러니까 도림 선사 하는 말이 "올바로 살고, 좋은 일을 행하라. 그게 부처님 가르침이다." 이렇게 대답했지. 그러니 이 시인 하는 말이 "그건 세 살 먹은 꼬마도 다 아는 이야기 아니오?" 하니까 도림 선사는 "세 살 먹은 사람도 다 아는데 여든 살 먹은 사람은 행하지를 못 한다"고 했어.

카니 | 스님, 나 시계를 잘 안 보다가 어느 날 문득 시계를 보면 4시 44분, 3시 33분일 때가 있다. 이런 것도 참 희한하지 않아? 어떤 차가 서울 고가에서 떨어졌는데 살아난 이야기라든가

5분 늦게 가서 충돌을 비껴간 것도 참 신기하지 않아?

도학 | 빌딩에서 사람이 떨어졌는데 지나가던 아이랑 그 엄마가 같이 죽는 경우도 있어. 그게 다 업연인 기라. 옛날에 큰스님이 법회 끝나고 신도를 못 가게 한 적이 있어. 하지만 신도는 마음이 급해서 산을 내려가다가 그만 굴러떨어져 다리를 삔 기라. 신도는 스님 탓을 했지. 근데 그 신도가 타고 가려던 버스가 언덕에서 굴러떨어져서 사람들이 다 죽었다 아이가. 만약 그 신도가 다리를 삐지 않고 버스를 탔으면 죽었겠지. 또 옛날에 사명대사가 행자한테 길이 험하니 입구에서 손님 모시고 오라고 했어. 가보니 아무도 없어서 행자는 고개를 갸우뚱했지. 한참을 가니까 정말 손님이 오고 있는 거야. 혜안통이 열린 스님들은 무슨 일이 일어날지 미리 알았던 거야.

카니 | 조고각하照顧脚下라는 말이 있잖아. 차를 만드는 스님이 있었는데 그 스님이 어렵게 사는 걸 보고 도학 스님이 은행 잔고를 다 털어서 그 스님이 만든 차를 사더라고. 누구 마음 누가 안다고. 그것도 혜안통이야?

원초적 행위예술가
김석환

진혼제

지친 땅 위
살아남은 죄의식으로
그가 섰다

삼천대천세계
애달픈 영혼들
모두 불러모아
반도의 하늘 위
햇살에 걸어놓고
어깨춤을 춘다

눈물이 자라다
피 묻은 옷에 맺히면
시간은 바스라져 날아가고
공간은 나무의 꽃이 되고
한숨은 소리없이 타오른다

한량없는 사랑 흘러가는
영혼의 시간
새소리 물소리 피어나고
숲에서 달려나온
또 다른 세상
하늘 향해 열린다

"내 삶은 내가 이끄는 것이 아니라
상황에 따라가는 것 같아."

이번에 남미에 가면 아마존 강에서 인디언들 이야기로 퍼포먼스를 할 예정이야. 그동안 나는 죽은 사람들을 위한 진혼 퍼포먼스를 주로 했어. 과거 한국 내전, 보스니아 내전, 발칸반도 내전, 캄보디아 내전의 킬링필드 희생자들, 소련 내전으로 수장된 바이칼의 25만 명의 넋들 등 한을 풀지 못한 슬픈 영혼을 지금이라도 풀어주고 싶어. 누가 누구를 죽였기 때문에 응징해야 한다는 것은 내 몫이 아니야. 나는 단지 무고하게 죽은 영혼을 위로해 주고 싶은 거야. 내 삶은 내가 이끄는 것이 아니라 상황에 따라가는 것 같아. 예산이 있건 없건 중요하지 않아. 뜻이 중요하니까 할 수밖에 없어.

사람들은 퍼포먼스를 어렵게 생각하는 것 같아. 대규모 행사는 대부분 퍼포먼스로 이루어지고 있는데도 말이지. 퍼포먼스는 실제 일어나는 예술, 즉 실현예술이야. 삶이 그대로 반영된, 의식 있는 행위지. 아이들과 만났을 때는 아이들의 언어로 풀어나가고, 자연과 만났을 때는 자연의 몸짓으로 풀어 나가는 거야. 대상과 일 대 일로 교감하는 거지. 그런 면에서 이미 짜여진 각본을 연습해서 하는 공연예술과는 상당한 차이가 있어. 퍼포먼스는 시간, 공간, 대중이 필요해.

"주제는 결국 하나로 이어져.
원초적 생명의 본질을 찾는 작업이지."

82년 인사동에서 개인전 할 때 처음 퍼포먼스를 했지. 공식적으로는 86년도 대학로에서 했어. 그림을 그리다가 그림에다 뭘 붙여서 입체작품을 만들다가 설치미술을 하게 되면서 거기에 의식을 불어넣는 과정까지 온 거라고 봐야지. 기력이 떨어지면 다시 그림을 그리는데 이렇게 한 바퀴 돌아보니 처음 시작했던 평면과는 전혀 다른 느낌이야. 시작의 평면은 욕망, 과시, 염원 등 수많은 가지를 붙이는 것이었다면 지금은 가지를 떨구고 나를 찾고 있는 평면이지. 그래도 주제는 결국 하나로 이어져. 원초적 생명의 본질을 찾는 작업이지.

10년 전에 20일 동안 의식불명이 되었다가 살아났어. 그때 깨달았지. 만행을 너무 많이 했다는 걸. 이제는 자연 회귀가 내 화두야. 원초적 예술을 찾아가는 시기가 지금 나에게 오지 않았나 싶어. 지금은 문명을 무조건 거부하지 않고 수용하면서 교감하고 다스리는 일들을 펼쳐가고 있어. 왜곡된 것들을 태초의 상태로 되돌려보내는 작업이지. 옛날에는 일 따로 작품 따로 했는데 지금은 삶 자체를 모두 예술로 가꾸고 있어. 산속에 들어가서 스님도 만나게 되고 많은 인연들을 만나게 되었는데, 새로운 세상과 인연들을 만나면서 그 안에서 자기를 찾게 되는 것 같아.

자연 회귀에 관심을 갖게 된 계기는 누나의 영향이 커. 어릴 때 우리 집이 굉장히 어려웠기 때문에 현실을 인정해야만 했어. 그런 상황이었지만 누나는 내게 음악과 자연의 소리를 많이 들려주었어. 중학교 1학년 때는 누나가 철학 책을 읽으면 용돈을 준다고 해서 이해도 안 되는 걸 읽기도 했지.

중학교 2학년 때 미술부에 들어갔는데 샤갈을 알게 되면서 초현실주의에 푹 빠지게 되었어. 힘들게 살다보면 미래에 대한 희망을 접고 사는데 초현실주의는 나에게 미래의 가능성을 보여 주었어. 꿈은 누구나 누릴 수가 있는 거니까. 내가 가지 못해도 그림으로써 갈 수 있는 세상의 매력에 빠진 거지. 그때부터 소외된 것들에 대한 남다른 동정심이 생겼어. 애정을 갖고 사물을 바라보면서 상상력으로 펼쳐나가게 된 것 같아. 부러진 나무를 보고 그 나무가 가진 꿈을 내가 보여주면 그 나무를 살리는 게 아닐까 하는 상상을 한 거지.

초현실적인 그림을 그리다 보니 사실화에서 추상화로 쉽게 연결됐어. 추상적인 꿈의 세계, 정신세계를 표현하다 보면 결국은 퍼포먼스까지 안 갈 수가 없어. 삶은 과정이고 결과는 꿈이지.

옛날에는 수원 바닥에서 수채화를 제일 잘 그린다는 말을 들었는데 그때 그냥 예쁜 그림 그리며 안주했으면 아파트 생활을 했겠지. 아줌마 부대 끌고 스케치 여행이나 다니면서.

우리 예술가들 특히 현대미술을 하는 사람들은 초창기 때 작품으로 먹고사는 경우가 거의 없어. 투잡, 쓰리잡을 하지. 화실을 한다든가 노가다를 한다든가 인테리어를 해준다든가. 나도 젊었을 때는 화실을 하면서 먹고 살았어. 화실 2층에 집이 있었는데 우리 딸이 여섯 살 때 친구가 집에 놀러와서 "너희 아빠 뭐하는 사람이야?"라고 물었는데, 우리 딸이 "우리 아빠 원장이야."라고 하는 거야. 그 말에 충격을 받았어. 사실 우리 딸한테는 화가의 모습을 보여주고 싶었거든. 그때 내가 그림으로 먹고 사는 생계에 올인하고 있다는 사실을 깨달았어. 그 뒤로 생업은 미술 전공한 집사람에게 맡기고 나는 작품에 몰두했지. 그러니까 내 모습이 나오더라고. 돈과 예술활동, 두 가지 모두를 가질 수는 없는 것 같아.

아틀리에에 있는 예술가들의 절반은 아집과 고집으로 똘똘 뭉쳐 있는데 결국은 붓을 꺾고 말지. 각자의 행복은 존중해야 되지만 자신의 방식만이 옳다고 생각하는 것도 집착이야.

사실 많은 아트 그룹들이 제도권을 피해서 만들어졌고, 또 제도권으로 진출하고 다시 해체하고를 반복해왔지. 그런 자유로운 작가정신을 보완할 필요가 있었어. 그래서 생겨난 것이 '코스페이스아트(COSPACE-ART)'야. 하지만 이 그룹의 실질적인 멤버는 남아 있지 않아. 자연과 교감을 하면서 하나의 사건을 만들어 공연을 하고, 행사가 끝나면 그대로 해체되는 문화 창출 개념으로만 남아 있는 이름이야.

중고생 멘토 수업도 가끔 하는데 내가 아이들한테 제일 많이 강조하는 것은 용기야. '네가 저 여학생이 좋으면 욕을 먹고 따귀를 맞을지언정 그걸 감수하고 좋아한다고 해라. 용기 없어서 놓치는 것도 많다. 수업 시간에 졸리면 자라. 수업시간에 잠이 오면 행복하게 자고 선생님한테 야단 맞아라. 수업시간에 자고서도 선생님에게 안 맞으려고 하는 이중적인 생각을 하지 마라. 용기 없이 예술을 하지 마라.'라고 말해주지. 스님이 기타 메고 법문하는 것도 용기 없이는 힘든 거거든. 가끔 아이들이 "돈 많이 벌어요?"라고 질문을 하는데 나는 아이들에게 돈 버는 방법을 배우든지 프로가 되든지 둘 중 하나의 선택밖에 없다고 말해. 돈을 많이 벌고 싶으면 돈 버는 쪽으로 나서고, 정신적인 풍요를 원하면 예술을 해도 아깝지 않을 거라고.

나는 예술을 신적인 존재로 생각하지 않아. 예술을 통해서 자유롭고 싶은 거지. 예술은 내가 세상을 대하는 창구이자 반려자야. 내 삶의 끝인 죽음에 이르러서도 나는 자연 속 전위예술로 묻히고 싶어.

"예술은
내가 세상을 대하는 창구이자
반려자야."

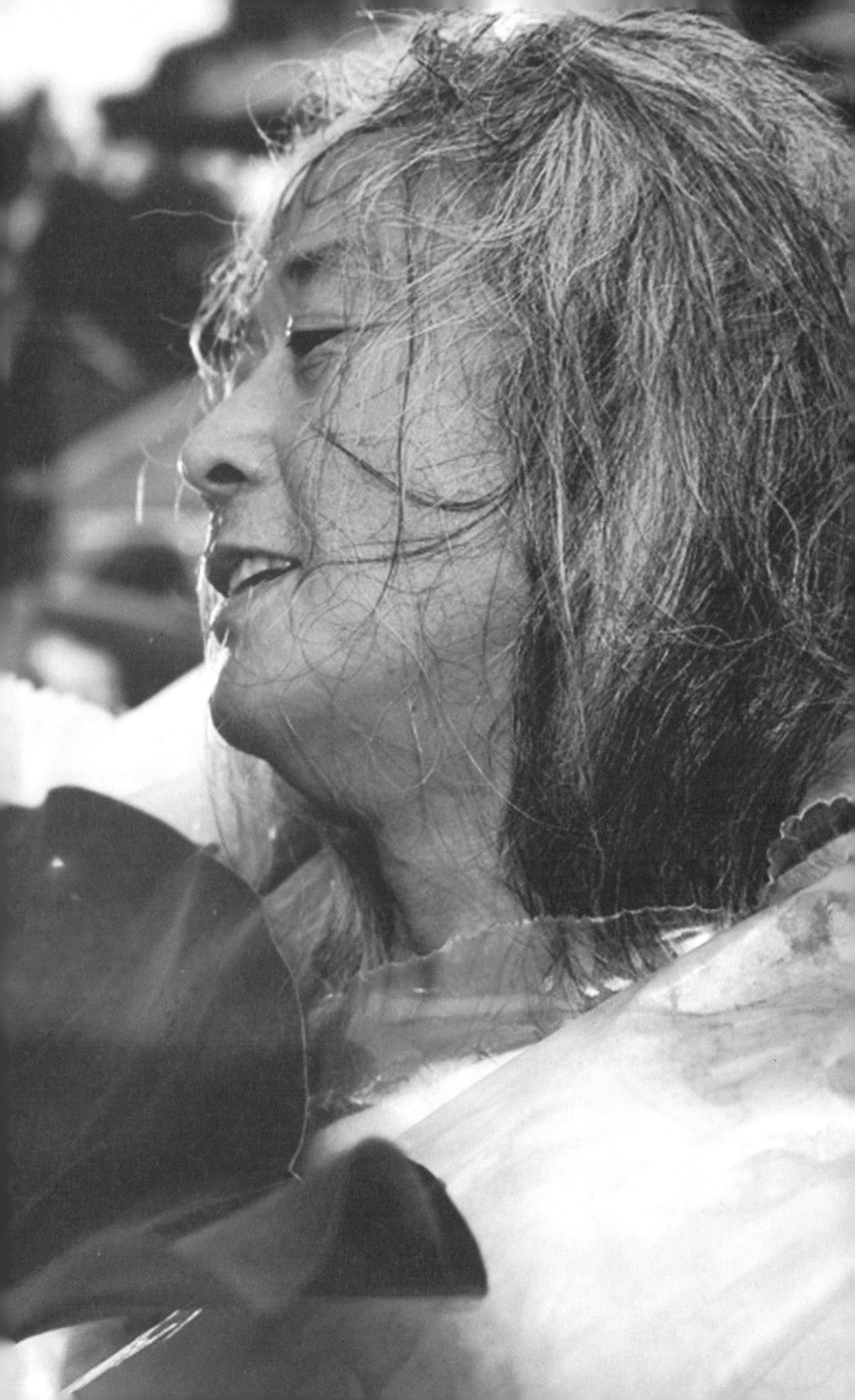

소리를 모으는 작곡가
신석우

묻지 말게

너무 높게 오르지 말자고
모래주머니 하나씩 떨어뜨리며
새벽을 날아다니는 사람

밤을 밝혀 어둠을 걷어내고
뒤에서 오는 누군가를 기다리며
허공에 소리를 모으는 사람

하얀 노래 이마에 내려앉으면
꿈속에서 흔들리며 받아내어
길 가는 벗들에게 띄워 보내는 사람

때로는 산꼭대기 홀로 서서
때로는 흐르다가 고인 맑은 물속에서
아무도 부르지 못할 노래 홀로 부르는 사람

그가 누구인지
묻지 말게

“꿈에서 누군가 멜로디를 불러주면
그대로 받아 적었지.”

2002년 월드컵 SBS특집 주제곡을 쓴 이후로 곡을 쓰지 않고 있었어. 근데 재작년 도학 스님 제기동 콘서트 뒤풀이에서 카니 선생이랑 술 한 잔 먹게 됐지. 도학 스님이 음반을 내니까 MR을 만들어주라는 거야. 신곡을 만들어주라는 얘기로 착각했지. 스님 곡을 다 들어보니 기성곡만 불렀더라고. 스님한테 이름표를 붙여줄 게 뭐 있을까 생각했어.

그러던 어느 날 자고 있는데 꿈속에서 스님이 콘서트를 하는 거야. 콘서트를 하면서 노래를 하는데 제목이 '만행'인 거야. 정확한 가사는 떠오르지 않지만 느낌이 떠올랐어. 난 원래 그런 식으로 많이 썼거든. 꿈에서 누군가 멜로디를 불러주면 그대로 받아 적었지. 그냥 주루룩 나오는 거야. 그 분이 오신 거지.

도학 스님의 '만행'은 그렇게 탄생되었어. 만행이 내 삶의 철학과 비슷했으니까 자연스럽게 어우러진 거지. 그리고 스님한테 "곡 나왔습니다." 그랬더니 "무슨 곡이요?" 하는 거야. "카니 선생님이 부탁한 신곡 나왔는데요." 그랬더니 "보내주세요." 하더라고. 그래서 메신저로 보냈는데 스님이 그걸 듣더니 한번 만나자면서 의령에서 서울로 올라온 거야.

가사는 주로 내가 직접 쓰는데 그게 제일 어려워. 멜로디를 흥얼거리다보면 꼭 들어가야 하는 발음이 있거든. 예를 들어 이 부분엔 수박이 들어가야 하고 저 부분엔 돌멩이가 들어가. 그러면 수박과 돌멩이를 연결시켜야 되잖아. 그걸 가지고 계속 고민하는 거지.

가사 쓰기 싫어서 곡을 안 쓰기도 해. 곡은 하루에도 조그만 토막이 계속 쌓여. 갑자기 떠오르는데 딱 3초야. 4분짜리 곡은 1초 안에 다 스쳐가. 사진도 하나씩 보면 오래 걸리지만 한눈에 보면 다 보이잖아. 영감이 사라지기 전에 붙잡아야 돼. 일단 기록해놓고 나중에 고쳐 가면서 쓰는 거지.

멜로디가 좋아도 노랫말이 안 좋으면 의미 없어. 요즘 힙합 음악을 보면 시어라는 것이 거의 없지. 옛날엔 어떤 노래를 듣다가 대화체가 나오면 신기했는데 요즘은 거의 대화체야. "어젯밤에 전화 했는데 왜 안 받았어" 이런 식이지. 그렇게 변해가는 걸 역행할 수는 없지. 문화단절 현상이 보통 10년이라고 하는데 요즘 문화는 거의 1년마다 바뀌고, 특히 청소년들은 한 달 만에 바뀌는 것 같아.

난 어렸을 때 해보고 싶었던 것은 다 해봤어. 어렸을 때 "너 뭐 될래?" 그러면 난 음악가, 장군, 과학자가 되고 싶었어. 마징가제트 만드는 김 박사 있잖아. 그게 가장 기억에 남는 꿈이야. 음악가는 된 것 같고, 장군도 생각해보니 된 것 같아. 군대를 갔다 왔으니까. 일반적으로 다 가는 군대가 아니라 나름대로 좀 특별한 군대를 갔다 왔거든. 해병대라고. 과학자는 왜 안 됐나 생각했더니 공부를 안 했던 거야. 그래서 요즘 대학원 두 군데에서 물리학을 배우고 있어.

레코드사에서 일하면서 가수들을 관리하던 시절이 있었어. 그 중엔 최고의 가수도 있었지. 90년대 초에 연습실을 운영했거든. 그때만 해도 연습실이 다른 덴 없어서 연습실에 가면 가수들이 정말 많았지. 가수를 골라 쓰는 거야. 실력은 모두 있으니까 겸손하지 않은 가수들은 고생을 좀 시켰지. 가수로 뜨게 되면 스타 의식에 젖어드니 그럴 수밖에 없었어.

개인적인 삶 때문에 한동안 음악계를 떠나 있어서 이젠 음악으로 수입을 내진 않아. 샘이 마르지 않을 만큼의 일을 하고 공돈 생기면 연탄은행에 넣어. 날은 덥고 비는 부슬부슬 오는데 박스 줍는 노인이 앞에 지나가잖아. 그러면 “어르신, 제가 오늘 번 거 드릴 테니까 오늘은 좀 들어가 쉬세요.” 하고 5천 원을 드려. 내가 돈이 많아서 그러는 게 아냐. 그 어르신이 집에 들어갔는지 안 들어갔는지는 몰라. 하지만 내 마음은 이미 돈을 벌었어. 그걸로 행복한 거야.

내 메신저 프로필에 ‘돌아보면 어리석은 젊은이 하나 있었을 뿐’이라고 적어 놓았어. 지금도 어리석지만 과거에도 참 어리석은 놈이었지. 그렇지만 어쩔 수 없잖아. 그놈을 거쳐 왔기 때문에 오늘의 내가 있는 거니까. 훗날 오늘을 돌아보는 늙은이는 뭐라고 생각할까. 그 늙은이한테 미안하니까 이제 실수를 안 하려고 하지. 실수를 안 하려고 하는 자체가 실수겠지만……. 그렇게 되면 겁쟁이가 될 수도 있겠지. 도전도 안 할 거고. 젊었을 땐 다리 힘이 있으니까 뛰어내릴 수가 있었지만 지금은 폭삭 하고 고꾸라질 테니 안 하지.

이제 몸뚱이를 둘로 나누어서 하나는 지금처럼 가고, 나머지 하나는 거꾸로 갈려고 해. 추억 속의 사람들도 만나서 찾아볼 거야. 그 중에는 무릎을 꿇어야 될 사람도 있겠지. 그 사람들에게 마음을 담은 선물이라도 주고 싶어.

앞에서 가는 사람아 가는 길 멀지 않더냐

어두운 밤길 더듬어 무엇을 찾으려 하나

뒤에서 오는 사람아 오는 길 꽃길이더냐

가벼운 밤길 춤추며 무엇을 얻으려 하나

나는 이제 알겠소 넓은 세상 의미를

바람 되어 비 되어 헛돌아 쉬어간들 어떠랴

만디 만디 미련두지 말자

만디 만디 비운 채로 가자

구부러진 길에서 찾을 그리운 사람이 되자

-〈만행〉 가사 중

명상춤꾼
박일화

지금 여기로 돌아오라

저 하늘 끝
신의 마음 내려와
고요히 내 몸에 머물면
나는 나를 만난다

이것은 마지막 생
이것은 마지막 죽음

나는 물의 딸
나는 흙의 딸

불멸의 춤은 시작되었다
마음속 오래 간직한 말
이제는 몸짓으로 돌아오라
지금 여기로 돌아오라

"명상을 하면서
계속 존재의 근원에 대한 고민을 했어."

마음공부를 하면서 명상 춤을 추게 되었어. 수련 중에 저절로 춤이 나오는 거야. 여섯 살 때부터 춤을 추었으니까 춤사위가 익혀져 있지. 백중 때나 부처님오신 날에는 절에서, 성탄절이나 부활절에는 성당에서 종교와 상관없이 춤을 추고 있어. 나는 산이나 들, 물에서 자연과 하나 되어 춤추는 것을 좋아해. 특히 물에서 춤추는 것을 좋아해. 엄마 뱃속에서도 그랬고 갓난아기였을 때도 물에 넣고 음악을 틀어주면 춤을 추었대.

우리 집은 천주교 집안이어서 하느님이란 어떤 존재일까, 나와 하느님의 관계는 뭘까, 어떻게 하면 신과 하나가 될 수 있을까 하는 생각을 어릴 때부터 많이 했어. 대학 전공은 국문학이었지만 종교학 공부도 같이 했어. 그러다 종교학 선생님을 통해서 명상을 접하게 되었지.

계속 존재의 근원에 대한 고민을 하다가 수녀원에 들어가려고 했어. 고모 두 분이 수녀님이라 자연스러운 생각이었지. 대학교 졸업하고 오라고 그래서 못 들어갔는데 지금 생각해보면 다행이었구나 싶어. 내가 살면서 제일 잘했다고 생각하는 일은 결혼하고 자식을 낳은 거거든. 그러지 않았다면 엄청나게 교만하고 도도한 사람이 되었을 거야. 결혼은 상대방에 대한 깊은 이해를 필요로 하지. 자식도 키워보지 않았다면 무조건적인 사랑을 몰랐을 거야.

"공연자와 관객의 영혼이 만나서
삶을 정화하는 춤을 추지."

나는 높은 무대에서 공연하는 걸 별로 좋아하지 않아. 사람들 하고 눈을 마주보고 소통할 수 있는 자유로운 야외 퍼포먼스가 좋아. 10년 전인가 남해 다랭이마을 축제에서 5백 명을 모두 춤추게 한 적이 있어. 사물놀이패와 민요, 소리하는 사람들이 큰 깃발을 들고 관객들과 어우러져서 강강수월래를 하기도 했어. 함께 춤을 추고 노래하는 축제와 구경만 하는 축제는 다르잖아. 공연자와 관객의 영혼이 만나서 삶을 정화하는 춤을 추지.

나는 우주에 차를 올린다는 생각으로 공연에 임해. 그리고 종이 옷을 입고 공연을 하는데 공연이 끝나면 그 옷을 벗어서 태워. 우리 모두가 흙에서 와서 흙으로 간다는 의미이지. 사람은 죽으면 뼈만 남기고, 그 뼈조차도 바람에 흔적도 없이 사라져 한 줌 흙으로 돌아가잖아. 무대에서 바로 옷을 벗어 태우기도 했는데 불이 날까 봐 소란이 일어나는 경우도 있어서 자제하는 편이야. 한 번은 공연을 하다가 머리부터 발끝까지 홀라당 탄 적이 있어. 그래도 머리에 화관을 써서 괜찮았는데 손은 2도 화상을 입어서 껍질이 다 벗겨졌지. 지금도 흉터가 남아 있을 정도로 심각했어.

사람의 본성은 맑고 깨끗하다고 생각해. 세상을 살다보니 그 본성이 점점 흐려지는 거지. 명상을 하다가도 세속적인 것에 자꾸 빠지게 돼. 그렇다고 거기에 끌려가면 안 돼. 본성을 찾기 위해 끊임없이 수행해야지. 공연이나 강의를 하는 것도 본성으로 돌아가기 위한 과정이야.

내 춤을 여무與舞춤이라고 이름 붙였어. 늘 사람들과 함께하고 나누어 주는 것을 좋아하기 때문이지. 몸과 마음이 하나가 되어 평화로운 상태로 이끄는 명상춤을 나누고 싶어.

춤테라피 수업에서는 한 시간 정도 같이 춤을 춰. 춤사위를 가르치는 게 아냐. 내 안의 움직임을 표현하는 거야. 몸짓을 통해 지금 이 순간 내 몸과 마음에 무슨 일이 일어나는지 알아차리는 거지. 살아 있음을 느끼는 거야. 몸과 놀면서 몸을 이해하고, 걷고 명상하면서 '나'라는 세계를 만나게 돼. 또한 다른 사람들과 손을 잡고 눈을 맞추면서 나와 같은 아픔을 가진 사람이 있다는 것을 알게 되지. 그렇게 하나가 되어가면서 우리는 혼자가 아니고 자기 자신이 얼마나 대단한 존재인지 느끼게 돼.

그러고 나서 같이 차를 마시면서 이야기를 나눠. 자신을 돌아보는 그 시간은 정말 행복하지. 정화가 되는 거야. 참여자 중에는 그동안 하늘을 보지 않았던 자신의 내면을 알아채고 눈물을 흘리는 경우도 있어. 그게 바로 마음공부야.

자유를 꿈꾸는 화가

도도영희

도도한 여자

나비 날아와 꽃밭에 앉아도

황량한 마음 그대로이더니

꿈결 같은 유리창 밖

빗소리 출렁이며 서성이니

단단하게 붙들었던 분홍마음

방울방울 무지개 타고 날아오른다

긴 목 늘어뜨린 외로운 눈빛

내 가슴 깊숙이 들어와

내 마음 넘나드는 사랑

아슬히 높은 마음꽃 피어

아무도 모르게

푸르게 푸르게 허공으로 솟는다

"어쩌면 나의 외로움은
자유롭지 못해서인지도 몰라."

내 작품의 여인들은 도도하지. 사람들이 "자신을 그린 거예요?"라고 물으면 나는 절대 아니라고 하지만 실은 바로 내 자신이야. 장녀였는데 밑으로 남동생이 세 명이나 있었지만 항상 외롭고 말상대가 없었어. 부모님도 바쁘고 대화가 안 통해서 늘 혼자라는 생각이 들었지. 지금도 마찬가지야. 주변에 사람은 많은데 내 편이 없는 것 같아. 비가 오면 처절하게 더 외로워지고 싶은 충동에 빠져. 내 작품으로 탄생한 도도한 여인들은 이런 나의 표상이지. 그리고 여성으로서의 삶이 순탄하지 않아도 자신을 잃지 말고 살라는 바람이기도 해.

사람들은 내가 자유로운 줄 아는데 사실 나 자신은 그렇지 않아. 나를 내 안에 가두고 하지 말아야 할 것들을 늘 생각하지. 사회생활을 하다 보니 남들에게 반듯한 것을 보여줘야 한다는 강박이 생겼나봐. 어쩌면 나의 외로움은 자유롭지 못해서인지도 몰라. 오랜 세월 그렇게 살아오다 보니 그게 내 삶의 방식이 된 거지.

하지만 나는 그림을 그릴 땐 완전한 자유인이 돼. 예전엔 작업실 문을 잠그고 그림만 그렸어. 심지어 화장실도 안 가려고 요강을 가지고 들어갔어. 그림을 그리는 동안 도도한 여인들과 대화를 하는 거야. 내가 음악을 좋아하지만 그림 그리는 동안은 음악도 틀지 않아. 이 여인들과 대화를 해야 하는데 음악이 방해되면 안 되니까.

나는 스케치도 안 하고 바로 작업에 들어가. 칠하고 마르면 또 칠하고 또 칠하고 몇 번을 그렇게 해. 마무리가 어떻게 될까 생각해본 적이 없어. 세상의 감옥 속에 갇혀 있는 나를 벗겨보려고 뿌리고 던지고 나이프로 찍기도 하지. 과감하고 화려한 색채는 욕망을 상징해. 색채는 밝은데 도도한 여인들의 얼굴에는 외로움, 슬픔, 고독이 들어 있어. 머리칼이 휘날리고 실루엣이 움직이는 생동감 있는 그림을 통해 억압당한 마음이 자유를 찾는 거야. 그려놓고서 마음에 안 들면 다른 모습으로 바꿔버려. 그렇게 수많은 시행착오와 갈등을 겪으면서 비로소 한 여인이 탄생해. 완성하고 나면 제목이 나와.

인물 그리기는 갤러리랑 1년 전속계약을 맺으면서부터 시작했어. 관장님이 나보고 지금 전 세계가 인물을 그리고 있으니 전체 화면에 얼굴만 그리라는 거야. 난 자신이 없었어. 한계가 있을 것 같았어. 나에겐 큰 숙제였지. 3개월 안에 새로운 그림을 그려야 하는데 머리에 쥐가 나고 답이 나오지 않았어. 게다가 관장님은 그린 것을 실시간으로 보내 달라고 했어. 관장님이 요구한 대로 못 그려서 정말 창피했어. 이 바닥에 서려면 어떻게 해야 할까 엄청나게 고민했지. 전속계약을 했지만 항상 뒷전에 있을 수밖에 없었어. 그 전에는 혼자서 그림을 그려왔는데 나를 끌어주고 믿어주는 사람들이 생기니까 어떻게든 잘 해내야겠다고 생각했지.

내가 그림을 잘 그린다는 생각은 절대 안 해. 누군가 내 그림을 한 번 더 들여다보고 내 그림 앞에서 오래 서 있을 수 있는 그런 그림을 그리고 싶을 뿐이야. 나는 지금도 내 그림이 부끄러워. 이 자리에 있는 것만으로도 행운이지.

5년 전에 남편과 사별하면서 내 삶에 큰 변화가 생겼어. 아들 둘도 결혼해서 나갔고. 어느 날 갑자기 나 혼자 덩그러니 남겨진 거야. 마음의 준비를 할 틈도 없이 말이야. 그러다 지금 살고 있는 집에 들어와 살게 됐어. 처음엔 시골 동네에 혼자 있으니 무서웠어. 게다가 집 전체가 통유리라서 밖에서 안이 훤히 다 보이잖아. 한 2년 동안은 불도 못 켜고 살았어. 외출했다가 돌아오는 길에도 매번 집을 지나쳐 갔어. 집도 못 찾고 내가 어디로 가고 있는지도 알지 못했지. 그렇게 빙빙 맴돌 듯이 살았어. 하지만 그 계기로 나를 돌아보고 삶의 이유를 찾을 수 있게 된 것 같아. 진정한 홀로서기를 하게 된 거지.

지금은 해외전시도 많이 하고 여행도 자주 가. 내 그림이 외국 사람들에게 더 와 닿나봐. 그림을 그리며 전시장을 쫓아다니기도 하지만 여전히 한번 그림에 빠지면 밥 먹는 시간도 잊어버리며 살고 있지.

"수많은 시행착오와 갈등을 겪으면서
비로소 한 여인이 탄생해."

그림 그리는 여행자
허갑원

태양과 달

저기 푸른 들판 위
덜 깬 태양이
그늘진 마음 일으켜
날개 달고 하늘로 올라간다

가만히 있어도
떠오르는 달이
청보리 밟으며
청색 꿈 뿜어낸다

하늘과 땅의 수많은 꽃들
그리움의 뜨락에서
희망으로 날아오르고
구원으로 흘러내리고

"누구나 어두운 밤 속에서는 외롭잖아.
그렇다고 그곳에 가만히 있을 순 없어."

나는 늘 담벼락 없는 삶을 꿈꾸며 살아왔어. 삼십 대부터 서울여행가라는 모임을 만들어 오지여행을 하다 몇 년 전 인도 주변 국가를 혼자 여행하기 시작했어. 그리고 지난 4월 스칼라티움 아트스페이스에서 '차마고도에서 사하라까지'라는 이름으로 그림전시회를 했지. 차마고도의 하늘과 사하라의 별들이 너무나 강렬해서 그림으로 담았어.

차마고도에서 어떤 사람이 짐을 지고 가고 있었어. 그걸 보면서 힘들겠다는 생각에 머물지 않고 그 짐을 가져가서 나무로 불을 때면 따뜻한 방에서 가족들이 행복하겠다는 생각으로 나아가는 거야. 무겁다는 생각을 사랑과 희망의 꽃짐으로 바꾸는 거지. 내가 그리는 그림은 그런 거야.

하늘 중간에서 꽃이 올라가는 그림이 있는데 이 꽃은 모로코에서 본 꽃이야. 사람들은 하늘에서 어떻게 꽃이 피냐고 묻지. 뿌리를 내리지 못하니까. 하지만 본래 자리가 아닐 뿐이지 뿌리는 분명 있어. 자기 부모가 누군지도 모른 채 입양이 되는 아이들도 있잖아. 다른 곳으로 떨어져도 꽃은 피어난다는 것을 표현한 거지.

사람들은 태양을 그리워해. 누구나 어두운 밤 속에서는 외롭잖아. 그렇다고 그곳에 가만히 있을 순 없어. 일어나야 돼. 사랑은 그걸 일으키는 힘이야.

예전엔 강남에 있는 큰 집에서 살았는데 종합병원을 짓다가 망해서 1998년에 지금 사는 집으로 왔어. 내 주변의 집들은 임대료로 수익을 내며 살지만 이젠 그런 것들이 부럽지 않아. 우리 집에 새가 오고 달빛이 들고 감나무가 자라고 호박이 크는 걸 보면서 행복을 느껴. 나는 지금 살고 있는 집이 좋아.

한때 세바스 한국부회장으로 있기도 했어. 세바스는 다른 나라 사람들과 서로 집을 공유해서 여행에 필요한 도움을 줄 수 있도록 하는 단체야. 유네스코에도 등록되어 있어. 요새는 아래층을 개방해서 게스트하우스로도 활용하고 있어. 카우치서핑을 통해서 손님들이 가끔씩 와.

집은 그 사람의 도서관이 되고 역사가 되어야 한다고 생각해. 우리 집 이름이 '예우당'인데, '친구에게 예의를 다하는 집'이라는 뜻이야. 우리 집 3층 다락방에는 많은 사람의 추억이 있어. 어떤 사람은 자기 책을 버리려고 했는데 아깝다며 갖다놓고, 어떤 사람은 마지막 유산을 주고 가기도 했지. 아무 부족함이 없어 보이는 사람이 비밀스런 아픔을 고백하기도 해. 그러면 내가 그 사람에게 뭘 해줄 수 있을까 생각해 보지. 고요 속에서 눈을 감고 30분 동안 가만히 앉아 있으면 문제에 대한 답이 나와. 명상을 통해 우주의 섭리와 하나가 되면 영감을 얻을 수 있지. 그리고 내 나름의 결론을 그 사람에게 말해줘. 그러면 그 사람은 더는 안 와. 치유가 되면 병원을 나가잖아. 그 사람이 떠나면 다음 사람이 오지.

"집은 그 사람의 도서관이 되고
역사가 되어야 한다고 생각해."

중학교 때부터 이 세상에서 가장 가치 있는 게 무엇일까 생각했어. 답은 생명이더라고. 그래서 간호대학을 졸업하고 의사와 결혼했어. 남편을 보내고 나서 이제는 육체를 다루는 의사가 아니라 영혼을 다루는 사람이 되자며 심리치료를 하고 있지.

나는 한때 시를 썼지만 지금은 여행을 하면서 그림을 그리고 있어. 내가 지구별에 와서 진짜 하고 싶었던 게 무엇일까. 이런 생각이 들면서부터 그동안 살아보지 않았던 삶을 살아보고 싶어진 거야.

벼랑에 떨어진 삶이라도 그걸 계기 삼아 새로운 삶을 사는 게 창조자고 예술가라고 생각해. 사람은 편안하고 고통 없는 삶을 추구하잖아. 근데 스스로 더 많은 고통을 만들지. 삶은 미완성이야. 미완성 속에 아름다움이 있는 거지.

"삶은 미완성이야.
미완성 속에 아름다움이 있는 거지."

'詩와 함께 쉼을'
Pause/ Poems

예술인들의 아지트

-인사동 시가연

퇴근길 술집에 들러 술잔에 비친 자신의 그림자에 놀라면서도 우리는 주위 사람들에게 감히 자신을 열어 보이지 못한다. 기댈 곳 하나 없는 도시의 섬에서 인사동 골목의 술집은 낭만 한 잔에 눈물 한 모금 마실 수 있는 곳이다. 세월의 멋을 전해주던 인사동은 전통조차 상품이 되어 씁쓸함만 남았지만 자본에 휘둘리지 않는 몇몇 이들이 여전히 그 자리를 지키고 있다.

감성문화공간 시가연詩歌演에서는 감성에 목말라 이리저리 골목길을 헤매는 사람들의 발걸음을 붙잡는다. 안으로 들어서면 시 들려주는 남자 봄비와 시밥을 먹여주는 여자 영희가 오가는 사람을 맞이한다. 봄비 선생은 방황하는 이들에게 시 한 자락을 읊어주고, 김영희 선생은 몸과 정신을 살찌우는 밥을 짓는다.

몸속에 예술 DNA를 지녔다는 김영희 선생은 장르를 가리지 않고 사람을 받아들인다. 이곳에서는 누구나 스스로 예술을 즐긴다. 하지만 방향 없는 취객이 무대에 오르면 단호하게 거부한다. 돈보다 사람이 좋다는 그녀를 기억하는 사람은 세월이 흐르고 장소가 달라졌지만 여전히 이곳을 찾아오고 있다.

시낭송가 세미 서수옥 선생과 사진가 안소휘 선생이 시가연에서 도학 스님을 기다리고 있었다. 봄비 선생은 언제나 소리 없는 미소로 사람을 맞고, 김영희 선생은 주방에서 반갑게 뛰어나왔다. 바쁜 그들이 스님의 호출에 이유 없이 응하는 것은 오랜 믿음 때문일까. 사는 곳이 달라도 몇십 년째 그들의 만남은 변함없었다.

도학 | 뭔 음식을 이렇게 많이 주노! 적게 줘야 3백 원이라도 깎을 건데 많이 주면 못 깎는다 아이가!

봄비 | 기왕 깎는 거 깎는 쾌감을 느끼시라고.

소휘 | 뭘 깎는다고? 스님이 머리나 깎으면 되지. 또 소리 지른다. 공연 때 음향팀한테 소리 지르는 거 얼마나 보기 싫었는데.

세미 | 맞아. 각서 받으려고 그랬어. 소리 지르고 욕하시면 공연 안 한다고. 그래도 그게 본심이 아니라는 걸 아니까 그렇게 못하지. 생각해보니 내가 스님을 처음 만난 것도 여기네. 그냥 오셨는데 노래를 하시게 되었지. 나는 시낭송을 했고. 그때 CD를 하나 주셨어. 집에 가는 길에 CD를 틀었는데 마음을 굉장히 세게 움직이는 것 같았어. 힘들 때 노래 가사 하나가 위로해 주는 게 있잖아. 그때 힘을 많이 받았나봐. 그렇게 스님하고 인연이 시작되었지. 그런데 스님은 왜 노래를 하게 된 거죠?

도학 | 사실 음악은 어릴 때부터 했지. 대학에 들어가서 잠시 밴드를 만들기도 했지만 시대의 아픔에 동참해서 이리저리 쫓겨 다니다가 음악을 못하게 되었어. 그러다가 승려가 되었고, 승려 생활을 하다 보니 음악을 접하기가 쉽지 않았어. 영화배우 조지 클루니가 "내 목표는 65세 되었을 때 '이건 꼭 했어야 하는데'라고 후회하지 않는 것"이라고 했는데 나도 그 나이가 되기 전에 후회를 남기지 않아야겠다는 생각이 들더

라고. 노래하는 건 나의 오랜 꿈이었거든. 그래서 몇 년 전 부터 음악을 다시 시작한 거지.

소휘 | 스님은 노래 부를 때 제일 행복하지?

도학 | 그렇지. 재작년에 콘서트를 서울에서 열게 된 거는 다 니 덕분 아이가. 니가 기획하고 장소 섭외하고 관객 동원까지 다 해줘서 나는 지금도 고맙게 생각하고 있다. 내가 콘서트를 세 번 했지만 서울에서 했을 때가 제일 좋았어. 관객과 거리가 짧으니까 눈을 마주칠 수 있었다는 거. 사람들 숨소리까지 들리는 거라. 그게 나는 지금까지도 안 잊혀진다.

소휘 | 스님이 사람들하고 노래로 소통하고 싶어하니까 자리를 만들어드린 거지. 일반 대중도 노래하는 스님을 접할 기회는

많이 없잖아. 이렇게 사는 스님도 있다는 걸 보여주고 싶었지 뭐. 그때 108명 왔지? 그 숫자도 참 신기했어. 스님에게 바라는 것이 있다면 자기 노래를 보충했으면 좋겠어. 기존 노래를 많이 부르셨잖아.

도학 | 안그래도 내년 봄에 독집을 내려고 생각하고 있어. 내가 몇 곡 만든 게 있는데 그걸 좀 다듬고 합쳐서.

소휘 | 스님이 부르는 노래를 내가 부르면 찬송가가 되는 거야. 나는 천주교 신자니까. 근데 내 주변에 스님이 더 많으니까 사람들이 내가 불교 신자인 줄 알아. 내 남동생도 스님이야.

도학 | 천주교나 불교나 간판이 중요하나. 지금 시대에 예수나 부처가 오면 청바지 입고 온다는 말이 있어. 눈높이가 같아야 한다는 거지. 부담 없이 다가오는 게 좋은 거 아이가.

소휘 | 다른 스님들은 밥 해주고 빨래 해주는 사람도 있는데 이 스님은 자기 혼자서 다 해.

도학 | 세탁기가 다하지, 이 사람아. 밥은 밥솥이 해주고.

소휘 | 우렁각시가 세탁기 안에 들어 있나? 옷도 다려주고…….

도학 | 이 옷은 빨아서 탁탁 털면 돼. 다림질 안 해도 돼.

소휘 | 다른 스님들은 삼베 모시에다가 풀 빳빳하게 먹여서 입는데 스님은 그렇게 안 하잖아.

도학 | 난 이런 게 좋아. 편한 거. 편한 님이 고운 님이야. 그러고 보니 영희 니 때문에 우리가 다 엮이게 된 거네? 내가 노래

를 시작한 것도 그렇고. 초암 선생, 카니 선생, 김광석 선생, 소휘까지…….

영희 | 오래 됐네. 당시 우리 가게에 참 많은 묵객이 모여들었지. 그땐 참 재미있었어.

도학 | 지금 여기 시가연도 마찬가지 아이가. 손님도 주인 따라 온다고 주인이 시를 좋아하고 노래를 좋아하면 손님도 그 비슷한 사람이 모여. 주인은 사람을 모으는 매력이 있어야 돼. 인간적이면 사람이 와. 거래관계는 오래 가지 못해.

영희 | 처음엔 이 일이 나한테 맞는 일이라는 것을 잘 몰랐어. 지

금도 이 자리에서 하고 있는데 시간이 가면서 운명이라는 생각이 들어. 음식을 해서 나르고 하는 게 힘들지 않냐고 주변에서 말하는데 난 전혀 힘들지 않거든.

도학 | 힘들지 않다고 해도 남을 기쁘게 해주는 사람은 스스로 외로울 때가 많지.

소휘 | 근데 우리 스님은 돈을 어떻게 벌지? 만나면 차비도 쥐어주지, 밥도 사주잖아.

도학 | 거지된 지 오래됐다.

소휘 | 언제는 거지 아니었나? 옛날에 그림 그리는 스님 있었는데 토굴에 앉아서 그림만 그려서 생활이 어려우니 아는 지인 스님이 내 친구보고 스님한테 생활비를 시주처럼 좀 보태라고 그랬어. 그래서 그 스님한테 매달 돈을 보냈어. 사업이 어려운 중에도 계속 보냈대. 그러다 한 번 못 보냈더니 그 스님에게서 전화가 왔대. 이게 잘하고 있는 짓인가 하고 실망감에 빠져 있는데 글쎄 그 스님이 비싼 오토바이를 타고 나타난 거야. 그 친구는 그 모습을 본 순간에 실망해서 병이 나버렸어. 그런 스님도 있어.

도학 | 옛날에 부산 광복동에 가면 찬송가 틀어놓고 누워서 동냥받는 장애인들이 있었어. 아침 10시에 봉고차가 와서 그 사람들을 쫙 내려놓고 가더라. 너는 여기서부터 여기까지 왔다갔다 하고, 너는 저기서부터 저기까지 해야 된다고 말하

고 돌아갔다가 오후 여섯 시가 되니까 다시 와서 그 사람들을 싣고 갔지. 장애인들이 동냥 받아온 걸 거둬 가는 거야. 어떤 사람이 나한테 물었어. 길거리의 불쌍한 사람에게 돈을 주면 그걸로 소주 마신다는데 어떻게 생각하냐고. 그때 내가 이렇게 얘기했지. 자신이 준 것은 보시이자 선업이고, 그것을 악용한 건 악업이니 연연해하지 말라고. 너는 주는 마음으로 끝이고, 그 사람이 지은 죄는 지가 갚아야 될 몫이라. 누가 착취를 하든 소주를 먹든 그것은 그 사람 몫인 거야. 이건 부처님 법에도 나와 있지. 내가 준 것에 대한 결과가 이상하면 기분 안 좋잖아. 그것에 대해 마음고생하지 말라는 거지. 돈이라는 거는 내 수중을 떠나면 내 돈이 아닌 거야.

소휘 | 세미는 시낭송 명인 1호까지 받았다면서? 근데 낭송가가 자기 감정에 너무 도취하면 듣는 사람 입장에서는 불편하더라. 과장하지 않고 편안하게 얘기하듯이 들려주는 게 좋아. 나 같은 시인의 입장에서 시낭송가를 봤을 때 우리의 시를 전달해 줄 사람이잖아. 근데 이상하게 하면 참 마음에 안 들거든.

도학 | 노래도 마찬가지인 기라. 노래도 초콜릿 발라서 하는 스타일이 있어. 그거 두세 곡만 들으면 질리지. 시낭송도 똑같은 거 아이가. 그 찌릿찌릿한 내용이 전달되려면 먼저 지가 거

기에 젖어 있어야 하는 기라.

소휘 | 시낭송 하는 사람들이 그걸 배워서 굳이 무대에 서겠다는 욕심 좀 버렸으면 좋겠어. 자기 생활 안에 그냥 받아들여서 스스로 자가 치유의 방법으로 쓴다든가 내 감성 개발을 위한 도구로 충분히 작용할 수 있는데 굳이 무대에 설 욕심으로 그걸 해야 되나?

세미 | 근데 사람들은 그렇지 않아. 내가 뇌성마비 복지회 행사를 매년 하고 있는데 뇌성마비 시인들이 사람들과 소통이 잘 안 되니 낭송가가 대신 읽어줘. 그 어눌함 속에서도 무대에 서는 걸 좋아해. 시낭송을 배우러 오는 사람들도 처음엔 무대에 서기 싫다고 하더니 남들이 서는 걸 보니까 욕심을 내더라고. 그러다보니 점점 잘하고 싶고, 제일 돋보이고 싶은 심리가 생기지. 옷도 처음에는 수수하게 입다가 드레스를 입게 되고, 화려해지기 시작해. 그렇지만 적당한 선은 있어야겠지.

소휘 | 누구나 장미꽃이 되고 싶은 거야. 장미꽃을 돋보이게 하는 안개꽃은 되기 싫은가봐.

시쓰는 사진가

안소휘

물방울

안개 같은 세상

이리저리 헤매다

꽃 피고 지는

개울가 머물면

약속한 시절

하늘처럼 흘러내리고

그대 비추는 거울 되어

밤의 슬픔 닦아내고

창백한 눈물로

다시 흘러가는

저토록 아름다운 결별

"감성도 한계가 있는 거야.
총량의 법칙인 것 같아."

사진가로 알려져 있지만 나의 중심은 시야. 시는 초등학교 다닐 때부터 썼지. 그러다 시집을 내려고 했는데 당시에 시집들이 글자만 있으니까 심심한 거 같아서 삽화를 그려봤는데 유치하더라고. 그러던 어느 날 사진가가 찍은 사진을 보다가 아, 이런 걸 시집에 넣었으면 좋겠다는 생각이 들었어. 이왕이면 내가 찍은 사진으로 넣으면 좋겠다 싶어서 사진을 찍기 시작했지.

처음에는 전국 방방곡곡으로 야생화를 찍으러 다녔는데 먹고 사는 일이 급해지니까 여행전문잡지 사진기자로 들어갔지. 그 후로도 사진을 주로 찍다보니까 어느새 사진가가 되어 있더라고. 그러다보니 시는 어디로 가버리고 밥그릇으로 삼던 사진만 남았어. 먹고살기 바쁘다 보니까 시는 뒷전이 되어버린 거지.

난 내가 시를 잘 쓰는 줄 알았어. 한참 사진에 미쳐 있을 때도 시는 원래 하던 거니까 언제라도 마음 먹고 쓰면 된다고 생각했어. 엄청난 착각을 했지. 그러는 사이에 시집에 사진 넣는 건 다른 사람들이 이미 많이 했더라고. 그러면 재미없잖아.

옛날에는 여행 가서 강을 보면 시가 나왔는데 이제는 사진만 찍다보니 글이 나오는 게 없어. 감성을 모두 사진에 다 쏟아버렸잖아. 그 감성도 한계가 있는 거야. 총량의 법칙인 것 같아. 글을 의무적으로 억지로 쓰면 싱거워. 글을 쓰려면 사진을 놓아야 되는데, 이제는 그럴 수 없게 된 거야. 그래서 고민을 참 많이 했어. 지금도 나는 시인이 되고 싶지.

지난 겨울에 아들을 잃었어. 아직 6개월도 안 됐어. 그 사람을 얼마나 사랑하는가는 그 사람을 잃어봐야 안다 그랬어. 가족은 늘 그 자리에 있을 거라고 생각하잖아. 근데 부모는 누구나 다 잃어. 어떤 사람도 영생불멸 할 수 없으니까. 형제는 수족과 같고 배우자는 의복과 같아서 갈아입을 수 있는 거라잖아. 그건 아무것도 아냐. 내 자식은 그냥 나잖아. 내 세포잖아. 내 손발뿐만 아니라 심장까지 다 떨어져 나간 거야. 이 광활한 우주 공간에 껍데기만 남아있는 느낌이지. 옆에서 위로한답시고 잊으라고 하는데 그건 잊을 수가 없어. 가슴에 지워지지 않는 주홍글씨 같아. 그 죄책감은 말도 못해. 부모가 돌아가시면 잘못한 것만 생각나는데 자식은 비교가 안 되지. 내가 죄인이라는 그런 생각뿐이지.

시인들은 좋은 일이든 나쁜 일이든 어떤 경험이 녹아서 시가 되어 나오잖아. 근데 글이 안 써져. 그 이야기가 글로 써지지가 않아. 앓지 말고 그걸 글로 쓰면 되지 않냐고 하는데 그렇지가 않아. 먹먹해서…….

지금은 아무 활동을 안 하고 있어. 일체 다 끊어버렸어. 모든 게 무의미하더라고. 올해 1년은 아무것도 안 하고 그냥 쉬어보기로 했어. 다시 재정비를 해서 결정한 그 한 가지가 이제 죽을 때까지 가져가는 내 타이틀이라는 생각이 들어. 시가 되든 사진이 되든 뭐든 나오겠지.

"이 광활한 우주 공간에
껍데기만 남아 있는 느낌이지."

나는 이것저것 많은 걸 해봤기 때문에 후회가 없어. 해보지 않은 것보다 해본 게 낫잖아. 해보지 않고 사람 사는 거 다 똑같지 하는 것과 이것저것 겪어보고 다 똑같네 하는 것하고는 다른 거야.

처음엔 레코드 가게를 했는데 비디오가 활성화되면서 그만두고 잡지사, 성수동 섬유공장에 다녔어. 난 방랑기가 있어서 하나를 오래 못해. 습득력이 빨라서 공장에서도 이틀이면 1년 한 사람 따라가. 근데 금방 싫증나. 그 다음 단계가 없는 거는 싫증이 나는 거야. 그래서 직업을 자주 바꿨지. 공장이나 사무실에 오래 못 다니는 또 다른 이유는 아침에 일어나기 힘들어서 그런 것도 있어. 돈을 벌어야 되니까 출근을 하긴 하는데 두세 달 가면 지치는 거야. 근데 사진가는 좋은 게 아침에 출근 안 해도 되잖아. 행사가 있을 때만 일을 하니까. 그래서 사진가는 꽤 오래했지. 17년 동안 했으니까. 매일 출근했어봐 절대로 오래 못했지.

지금은 사람과 사람 사이의 정, 의리에 더 우선을 두지만 젊었을 땐 그런 거 생각할 겨를 없이 먹고살기 바빴어. 내가 하고 싶은 걸 하고 살아야 하는데 먹고살기 위해서 해야 된다는 것은 정말 비참한 일이야. 어느 순간에 그게 딱 느껴지면 그냥 털어버렸지. 그러다가 밥을 굶으면 그쪽으로 갔다가 다시 나오고 하면서 그렇게 살았지.

각계각층의 다양한 사람들을 접하고 살았어. 이 사람 삶과 저 사람 삶이 다 모이면 무지개 색깔이 되지. 무지개를 자세히 보면 각각의 색깔이 있고 그게 다 모이면 무지개가 되잖아. 사람마다 가지고 있는 색이 다르다고 나는 생각해. 전부가 다 똑같으면 무슨 재미로 살아. 색깔이 다르니까 대화가 되고 토론이 되는 거잖아. 성직자와 예술가가 비슷한 점은 둘 다 고집이 없으면 안 돼. 쉬운 말로 표현하면 고집이고, 조금 더 품위를 얹어주면 개성이라고 해야겠지. 수행이란 그 고집을 다스려 가는 과정 아니겠어? 사람들은 저마다 남보다 더 강한 모서리 하나씩은 갖고 있는데 그걸 다듬어 가는 과정이 수행이라고 할 수도 있고 만행이라고 할 수도 있고 인생이라고 할 수도 있는 거지.

젊어서는 밖으로 다니면서 배웠지만 지금은 집에 앉아서 나를 다독거리지. 최근엔 종교의 위안을 많이 받고 있어. 중학교 때 세례를 받았는데 사는 게 힘들어지면서 멀리했었어. 한 20년을 안 나가다가 아들 때문에 성당에 나갔는데 많은 도움이 돼. 나에게 종교는 늘 허하고 외로운 마음을 다스리는 도구이기도 해.

징검다리(빠드마)

안소휘

눈 먼 눈으로는 볼 수 없는 어딘가에

이승과 저승을 가로지른 까만 강이 흐르는데

그 강 건너는 징검돌은 연꽃이고

엄마는 연꽃 징검다리를 건너 가셨다고

내 동생이 그랬어요.

예쁜 그 말을 그대로 믿고

눈 먼 내 눈 열리는 날까지

하얀 맨발로 낮게 서서

까만 강물 위에 착하게 나는 꽃씨를 뿌릴 거예요.

실한 꽃들 내 강에 만발하여

내 눈이 열리는 날

바람을 내려놓고 엄마 계신 곳으로 갈 때

나도 연꽃 징검다리 곱게 디뎌 건널 거예요.

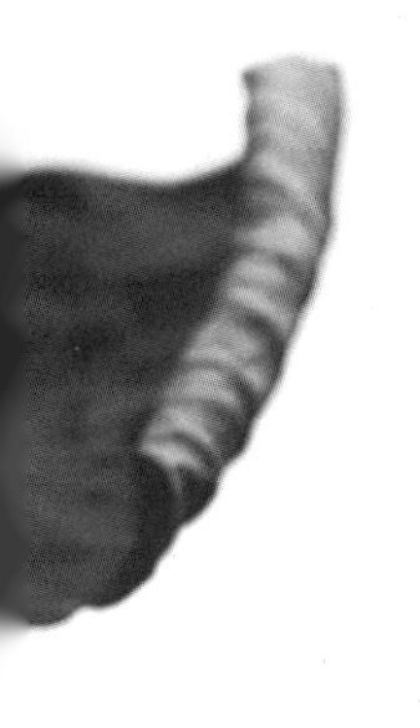

마음을 읊는 시낭송가
서수옥

행복한 시 읽기

그대가 키우던 새

바람 속으로 사라졌지만

나는 느낄 수 있네

숨을 깊이 들이쉬고

그대 달빛 속으로 뛰어들면

그대 사무친 마음

그대 조용한 울음

눈 덮인 들판에서도

바람이 쌓이는 곳에서도

나는 사라지고

그대 불러 세운

몇 번의 사랑

몇 번의 상처

나는 느낄 수 있네

"걷는 내내 시를 읽었더니
어느새 다 외워졌어.
완전히 몰입해서 빠져든 거지.
그 순간만큼은
다른 생각이 안 나더라고."

시를 접하지 않았다면 어디 정신병원에 들어가 있지 않았을까. 아이들 키우면서 힘들었을 때 1년 동안 우울증에 걸려 잠을 못 잘 때가 있었어. 그럴 때 시 한 편 들고 강가를 거닐었어. 걷는 내내 시를 읽었더니 어느새 다 외워졌어. 완전히 몰입해서 빠져든 거지. 그 순간만큼은 다른 생각이 안 나더라고. 처음엔 참 많은 시를 외웠어. 나를 잊기 위해 시작했는데 마음이 다져지고 긍정적으로 바뀌게 되더라고. 지금 시낭송 치료도 하고 있어. 음악치료, 미술치료도 있지만 나는 한 편의 시가 주는 힘이 굉장히 세다고 생각해.

낭송이란 나의 동반자 같아. 보통 사람들은 시가 자기하고 관계없는 일이라고 접어놓고 살고 있지만 시에 대한 막연한 그리움을 가지고 있지. 처음엔 "내가 무슨 시를 해." 하면서 빼다가 한 번 와서 접해 보면 그 옛날 향수에 젖는 거야. "나 학교 다닐 때는 글 좀 썼어. 시집도 사서 들고 다니곤 했지." 하면서. 막연하게 생각하다가 빠져들면 다들 재미있어 하지. 나는 이런 시낭송 문화를 누구나 접할 수 있도록 해주고 싶어. 우리가 책이나 신문, TV를 보듯이 말이야.

처음엔 연극을 하다가 결혼하면서 동화구연을 하게 되었어. 그러다 라디오 방송을 하면서 가끔 시도 읽어줬는데 사람들이 좋아하더라고. 주변 사람들도 내가 시낭송하면 잘 어울릴 것 같다고 했어. 그때는 지금처럼 시낭송대회가 있고 시낭송가가 있다는 것도 몰랐지.

그러던 어느 날 컴퓨터로 시낭송을 검색하니까 다들 시낭송을 귀신같이 하는 거야. 막 울리는 목소리로 하는데 이렇게 하는 건 나한테 안 어울린다는 생각이 들었어. 그래서 나한테 맞는 톤으로 부드럽고 편안하게 읽어주는 식으로 했더니 그게 오히려 반응이 좋았어. 내가 만든 시낭송 단체도 있는데 우리 팀은 편안하고 마음에 쉽게 와 닿는 시를 많이 낭송해. 보통은 일부러 어려운 시를 많이 골라오는데 어렵게 썼다고 해서 좋은 게 아냐.

요즘 사람들은 빠른 속도로 살기 때문에 남의 얘기에 귀 기울이지 않아. 한 행사에 여러 장르의 팀이 와 있는데 내 얘기를 듣는 사람이 몇 명이나 있겠어. 처음에 재미없으면 "야, 저 옷 예쁘지 않냐? 어디서 샀을까?" 이런 얘기들을 주고받아. 지하철 스크린 도어에도 짧은 시들이 적혀 있는데 사람들이 그걸 내일 다시 와서 읽진 않잖아. 읽는 순간 한번에 와 닿아야 해. 무대도 그런 셈이지. 근데 문단의 유명 시인들은 그런 점을 비난하지. 글을 세상에 내놓으면 결국 독자의 몫이잖아. 독자가 읽어서 좋으면 좋은 거고, 별로면 안 읽히는 거지 시인이 그걸 이래라 저래라 할 필요는 없다고 생각해.

최근엔 시극이나 시 퍼포먼스 같은 걸 많이 만들고 있어. 시로 할 수 있는 게 참 많더라고. 시와 무용, 시와 연극, 시와 노래 등 장르별로 한 번씩 다 해봤어. 다양하게 시도했는데 반응이 좋아. 시낭송과는 또 다른 매력이 있어. 그런 무대에서는 내가 주인공이 아니어도 돼. 노래가 주체면 시낭송이 받쳐주는 거고, 때로는 그 반대가 되기도 하지. 서로 교감하면서 하나의 무대를 완성해 나가는 거야. 작년에 도학 스님 콘서트에서 스님이 '어느 60대 노부부 이야기' 노래하실 때 내가 무대 한켠에 뒷모습으로 등장해서 늙은 아내 역할을 한 적이 있어. 이렇게 분위기를 만들어 주는 것도 좋은 것 같아. 협연하는 사람들이 서로 돋보이려고 하면 같이 할 수가 없어. 한 명이 주가 되면 다른 한 명은 숙일 줄 알아야 되는데 서로 튀려고 하다 보면 부딪히는 것밖에 없거든.

무대에 서는 사람의 기본은 연기인 것 같아. 근데 대부분 기본을 무시하지. 전문가가 하루아침에 되지는 않아. 낭송도 3개월만 배우면 될 거라고 생각하는 사람이 많아. 제일 많이 하는 질문이 "얼마나 배워야 돼요?"야. 그러면 나는 "낭송은 하나의 언어이기 때문에 시간이 좀 걸려요. 급하시면 안 하셔도 되요." 하고 보내 버리지. 낭송은 나만의 느낌을 만들어내는 시간이 필요해. 그 기간은 사람마다 개인차가 있어. 3,4년으로도 안 될 때가 있어. 나도 낭송한 지 10년이 넘었는데 여기 오기까지 얼마나 많은 연습을 했겠어. 어떨 땐 제자들이 더 잘할 때가 있어서 연습을 게을리할 수가 없어. 처음에 나도 내 시를 틀어놓고 들으면서 잤어. 근데 점점 상업적으로 목소리가 바뀌면서 낭송톤이 바뀌어 가는 거야. 누가 그렇게 하라고 한 것도 아닌데 자연스럽게 흐름이 만들어지는 것 같아. 그러다보니 시낭송가들이 다 똑같이 하는 거야. 눈 감고 들으면 한 사람이 하는 것 같아. 나도 낭송톤을 바꿔보려고 노력하는데 요즘은 감정이 많이 들어갔다는 생각이 들어.

영상을 보면서 살풀이춤을 배우기도 했어. 해야 되긴 하는데 배우러 갈 시간은 안 되니까 기본부터 혼자 연습했지. 그러고나서 무대에서 하면 사람들이 이렇게 말하지.

"어머, 그거 언제 배웠어요?"

"잠 안 자고 했어요."

"선생님은 떨지도 않고……. 재주가 참 많네요."

"재주가 아니라 노력이에요, 노력."

사실 얼마나 많이 떠는데……. 연습이 안 되면 엄청 떨어. 사람들은 태어나면서부터 하고 나온 줄 알지. 이렇게 말해도 잘 몰라. 사실 노력한 만큼 뭐든 되지. 우리 집 강아지는 알지. 내가 맨날 노래 틀어놓고 춤 연습을 하니까.

5년도 안 된 사이에 시낭송하는 단체도 많이 생겼고 대회도 백개가 넘게 생겼어. 근데도 제대로 된 단체가 없는 것 같아. 매년 시낭송가 타이틀을 받는 사람이 전국적으로 백 명은 넘는데 그 중에서 정말 실력으로 활동하는 사람은 손에 꼽을 정도야. 대회에서 상

받으면 다 낭송가라고 활동하는데 들어보면 아마추어보다 못한 경우도 있어.

어떤 팀은 실력보다 옷차림에 더 신경 써. 비싼 걸 입고 무대에 서면 시선을 끄니까. 그래서 처음 시작하는 사람들은 저런 걸 못 입으면 낭송을 못하는 줄 알고 거금을 들여서 사지. 나도 처음엔 비싼 옷을 샀지만 이제는 싼 걸 사 입어. 사람들에게 감동을 주는 데 있어 그런 게 중요하지 않다는 걸 알게 된 거지. 누군가의 마음을 움직이려면 먼저 마음으로 다가가야 해. 나도 경험을 바탕으로 낭송을 하고 있지. 시를 참 잘 만났다는 생각이 들어. 예전엔 가수도 되고 싶고 연기자도 되고 싶고, 되고 싶은 게 참 많았는데 지금은 현재 내가 하고 있는 게 가장 소중해. 시가 없었으면 내가 어떻게 살았을까.

"누군가의 마음을 움직이려면
먼저 마음으로 다가가야 해."

가난한 마음의 풍요

-양산 봉주르카페

영축산 아래 피안과 속세 사이에 자리한 통도사와 시절인연을 같이 하는 사람들이 있다. 무슨 바람이 불었는지는 모른다. 선풍禪風일 수도 있다. 절 아래 마을 사람들은 아침에 눈을 뜨면 새소리를 듣고 스님들과 부딪히며 산다. 이야기하고 노래 부르고 걸어 다니면서 내밀한 이야기를 주고받는다.

탐욕의 세상에 젖어서 살아갈 수도 있지만 영혼의 샘물을 찾아오는 사람들을 위한 공간이 그곳에 있다. 이름뿐인 '봉주르카페'는 노래하며 그림 그리는 초암 안기영 선생의 작업실이다. 2층 카페 입구 한켠엔 초암 선생의 작품에 쓰일 나무들이 그의 손길을 기다리고 있다. 내부에 들어서면 언제든 콘서트를 할 수 있는 악기들이 노래하는 사람들을 반긴다. 한때 카페를 운영했던 흔적으로 남은 테이블과 의자가 창가를 빙 두르고 있다. 벽면엔 초암 선생의 그림이 가득 걸려 있고, 계단엔 공예작품들이 놓여 있다.

초암 선생의 작업실은 시끄러운 절집이다. 오라는 사람 없고 간다는 사람 없이 아무나 드나드는 곳이다. 통도사 스님들도 지나가다 초암 선생과 차를 나눈다. 시골에서 태어나 도시에서 살면서 마음 잃지 않고 정갈하게 살다가 다시 시골로 내려온 초암 선생은 어제의 후회와 불안한 내일 때문에 고민하는 사람들에게 잃어버린 본래자리를 알려주고 있다. 그래서 주는 것도 모르고 받을 생각도 없이 산다. 기타 하나 메고 들어와 영축산 하늘의 구름 위를 걸으며 살아온 10여 년의 세월 동안 초암 선생은 많은 예술가들을 이

곳으로 불러 모았다. 노래로 인연을 맺은 초암 선생과 도학 스님은 한 달에 한 번씩 이곳에서 작은 연주회를 열어 일상에 지친 마음들을 불러 모은다.

연주회가 있는 날 오후 도학 스님과 덕산 스님이 카페 문을 열고 들어서자 초암 선생이 앞치마 차림으로 부엌에서 뛰어나왔다. 주먹밥을 만들고 있던 초암 선생은 도학 스님과 덕산 스님 입에 주먹밥 한 덩이씩 넣어주는 것으로 인사를 대신했다. 작은 음악회가 있는 날이면 초암 선생은 사람들을 위해 공양주처럼 정성스레 음식을 만든다. 누가 몇 명이나 올지도 모르는데 밥을 짓는 것도 그림 그리는 것만큼 공을 들인다.

초암 선생이 해준 주먹밥과 국수를 먹고 난 도학 스님은 슬슬 음악회 준비를 시작한다. 노래가 카페에 울려 퍼지고 사람들을 향기로운 꽃밭으로 데려간다. 일상에서 사람들이 하나씩 들어왔다. 처음 보는 사람일지라도 노래 한 소절로 곧 하나가 된다.

생업에 매달려 있던 예술가들은 매달 둘째 주 토요일 밤이면 이곳에서 본래 자리를 찾는다. 나쁜 것도 없고 좋은 것도 없는 세상이기에 거창한 콘서트를 꿈꾼 적도 없다. 가까이 있는 사람들이 집에서 먹거리를 가져와 멀리서 온 나그네들과 따뜻한 밥에 술 한 잔 걸치면 모두 하나가 된다. 나를 뭉클하게 하는 소리로 하나 되어 가면 가난했던 마음은 풍요를 얻고 다시 살아갈 힘을 얻는다. 때로는 거지처럼, 때로는 왕자처럼 세상의 경계를 털어버리는 사람들의 마음이 무더운 여름밤을 수놓고 있었다.

참나를 만나는 선화가

안기영

바람 불어 좋은 날

다 꿈이야

걱정하지 마

어제 때문에

내일 때문에

슬픈 모습 보이지 마

우물 같은 본래 내 자리

나쁜 것도 없고

좋은 것도 없어

아무것도 없을 때

모든 것이 내 것이 되는 거야

"마음이 깨끗하게
비워지면 비워질수록
가득 채워지는 게 있거든."

우리 아버지가 그림을 잘 그리셨어. 옛날 군대에서는 병사들이 제대하기 전에 글을 쓰고 그림을 그려서 만든 비망록을 선물로 줬는데 아버지가 그림을 잘 그려서 집에 비망록이 많았어. 내가 중학교 때 그 책을 본 덕분에 미술은 항상 1등이었어.

그러던 어느 날, 미술시간에 선생님이 나보고 나오라는 거야. 그림 잘 그려서 칭찬해주려나 했더니 그림을 어디서 베꼈냐는 거야. 내가 안 베꼈다고 했더니 선생님이 책 한 권을 내밀었어. 네모와 세모, 마름모꼴이 나오는 피카소의 그림이었는데 내 그림과 너무 흡사한 거야. 지금 생각해보니 당시 미대 다니는 학생이 그릴 법한 그림이었어.

보통 그림을 그릴 때 구도를 잡고 밑그림을 그리는데 나는 밑그림을 그리지 않아. 끝날 때까지 어떻게 그려지는지도 몰라. 나라는 놈이 없어져. 그림이 그냥 그려지는 거야. 유체이탈된 것처럼 내가 그리는 걸 뒤에서 보고 있는 거지. 의식이 맑아지면서 잡생각이 사라져. 그걸 보고 '신난다'라고 하지. '신난다'라는 말은 나와 우주가 하나가 된 상태야. 일종의 접신으로 볼 수 있지. 연주를 하거나 노래를 하는 행위도 마찬가지야. 글이라는 것도 생각을 자꾸 끄집어내서 쓰면 안 돼. 생각으로 쓰려고 하면 가짜야. 아무것도 없는 텅 빈 상태에서 아침 태양 바라보듯이 살아야지. 그래야 삶이 예술이 되지. 마음이 깨끗하게 비워지면 비워질수록 가득 채워지는 게 있거든. 이 잔을 봐. 비워 있다고 생각이 들겠지만 사실 에너지

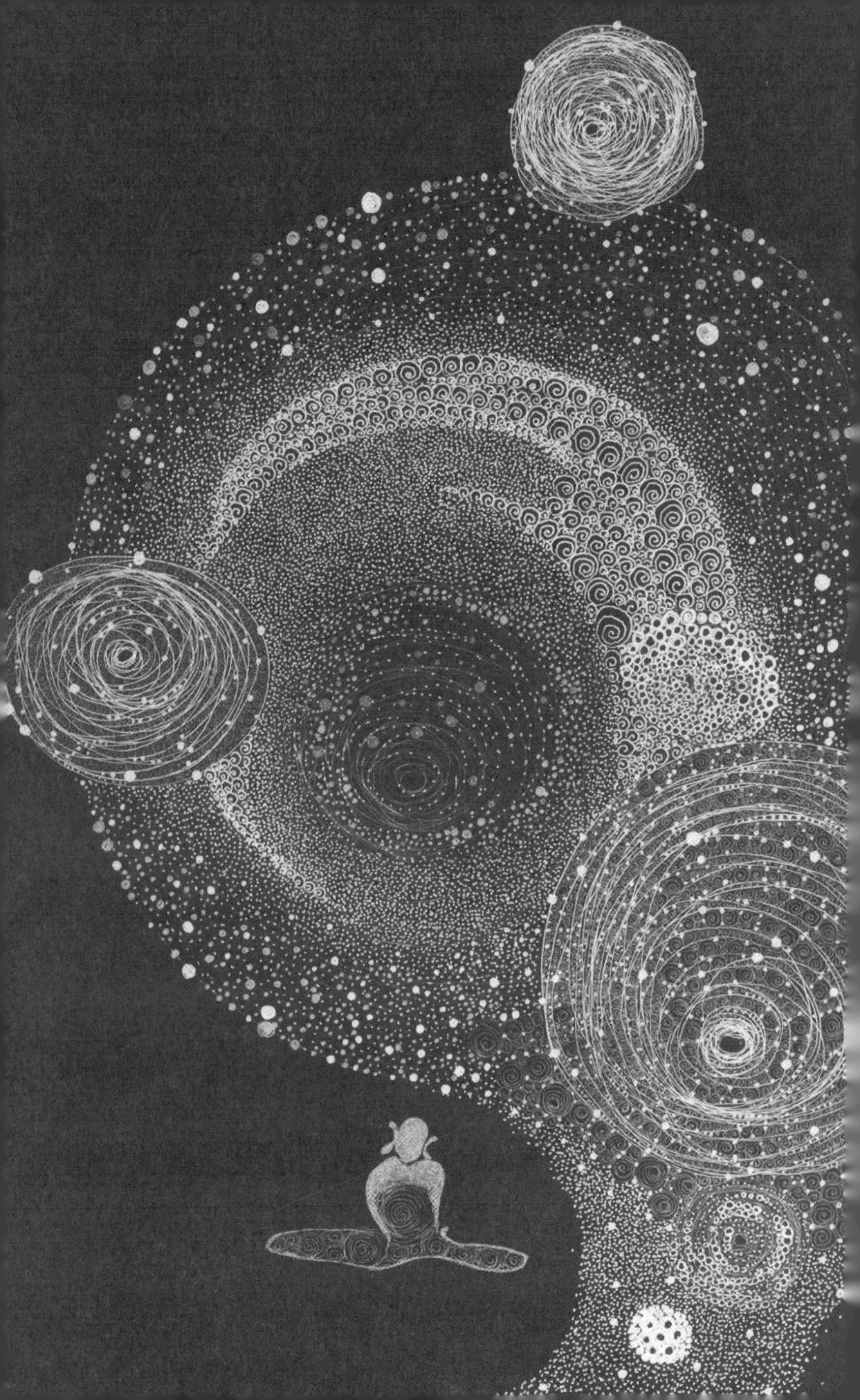

로 가득 채워져 있단 말이야. 텅 비어 있지만 그 본래자리에 소중한 것들이 가득 들어 있는 거야. 생각은 욕심에서 나오는 게 많아. '용쓴다'는 말을 하잖아. 본래자리에서 끄집어내는 것을 용用이라고 해. 말다툼이 벌어지는 것은 용을 쓰는 현상이지. 그럴 땐 무시해야 돼. 잠깐 일어났다 사라지는 것이니까.

시골에서 살다가 서울에 올라오니 세상이 물질적인 것으로 가득 차 있다는 생각이 들었어. 모든 게 복잡한 이해관계 속에 움직이고 있다는 사실에 염증을 느꼈지. 그래서 양산에 내려와서 카페를 하게 되었어. 여기 와서 10년쯤 지내니까 세상이 잘 보였어.

그러던 어느날 살아가는 게 별 의미가 없어서 죽을 결심을 하고 어떻게 죽을까 고민했어. 근데 내가 여기 통도사 안을 내 집 드나들 듯이 해도 제재하는 사람이 없었어. 아무도 나를 신경 쓰지 않는다는 걸 알게 된 거지. 금강계단 가서 108배를 하고 앉아 있는데 내 존재 가치가 딱 느껴지더라니까. 밑으로 가라앉으니까 그때부터 진짜배기가 올라오는 거야. 그러면서 눈물이 막 나는 거야. 모든 사람이 감사하게 느껴졌어. 그날 통도사에서 내려와서 그린 게 내 그림에 항상 등장하는 가부좌 틀고 앉아 있는 사람이야. 네 안에 네 본래자리가 있음을 잘 알라는 뜻이야. 믿었던 것이 다 허물어졌을 때 비로소 나를 온전히 놓아버리는 경험을 한 거지.

우리는 넘어졌기 때문에 일어날 수가 있어. 내가 넘어진 바로 그 자리에서 일어나야 돼. 잘못된 게 있으면 앞으로 이렇게 하면 안 된다는 걸 깨닫고 다시 그 일을 반복하지 않는 게 중요해. 나쁘다고 나쁜 게 아냐. 나쁜 것 때문에 좋게 되는 거지. 넘어지지 않았으면 그걸 어떻게 깨달았겠어. 그만큼 성숙해지는 거지. 삶은 고통이 있기에 행복이 있어. 동전의 양면 같은 거야. 이쪽이 좋다고 그러면 꼭 나쁘다고 하는 게 생겨나. 항상 상대적이지. 양쪽이 똑같다고 생각하는 것이 공부야. 좋은 것도 내가 만들었고, 나쁜 것도 내가 만들었기 때문이지.

내가 어떻게 생각하느냐에 따라서 세상은 그대로 변하는 거야. 외로운 것도 과거만 생각하니까 그러는 거야. 그래서 나는 과거 얘기는 잘 안 해. 과거가 있었기 때문에 지금 이 순간이 존재한다고 하지만 이 순간이 존재하기 때문에 과거와 미래가 있는 것 아닐까. 지금 이 자리도 과거야. 그래서 나는 지금이 가장 중요해.

세상을 노래하는

덕산 스님

무애인 無碍人

파도에 모래가 더해져

조개껍질 적시고

해변을 넘나들면

달빛에 넋을 잃던 나도

황혼 속으로 사라진다

"내 노래는
부처님과 불보살님께 바치는
공양이야."

열 살 이전에 절에 들어가는 것을 동진출가라 그래. 나는 모태신앙이라 동진출가를 했어. 우리 절이 경남 함안에 있거든. 워낙 시골이라 신도가 몇 명 되지 않아. 내가 시골에 들어간 이유는 낙후된 함안 불교를 발전시키기 위해서였어. 어릴 때 음악을 한 것도 불교를 포교하기 위한 목적이었지. 음악은 내가 여섯 살 때부터 했으니까 50년이 넘었지. 내가 음악을 잘해서가 아니라 단지 대중들과 호흡하고 싶었어.

음악은 대중과 소통을 하는 데 아주 좋아. 신라시대에 원효 대사는 실질적인 대중불교의 선구자였는데 노래를 지어 불렀어. "어허라, 중생들아. 이 내 말 좀 들어보소. 성인은 무엇이고 범부는 무엇인가. 중생 하나 성불하면 법계가 진동하고~" 원효 대사는 성인과 범부가 따로 없다고 했어. 성인과 범부의 차이라는 것은 단지 저 하늘에 낀 구름과 해 같은 거야. 내 마음의 먹구름도 내가 만든 것이고, 내 마음의 햇빛도 내가 만든 것이지. 원효 대사는 노래를 지어 부르며 방방곡곡을 돌아다니며 불교를 민중에게 널리 전파했지. 신라시대 때는 귀족불교였는데 원효 대사는 귀족불교를 타파하고 스스로 소성거사小性居士라 칭하면서 머리 길러가면서 거지처럼 행동했어.

부처님 시대에도 '범음범패梵音梵唄'가 있었어. 범음이라고 하는 것은 하늘의 소리라고 하는데 그걸 아무나 낼 수 있는 것은 아니야. 그러니 스님들이 밖에서 노래하고 춤을 추는 것을 우습게 볼 필요는 없어. 내 노래는 부처님과 불보살님께 바치는 공양이야. 예술가와 승려는 별반 다르지 않아. 어떻게 살든 올바른 구도자의 마음으로 살아나가면 되는 거지. 나에게 음악은 언어이자 철학이고 삶과 다름없어. 행자 생활을 하는 동안에도 경전 공부할 때 외우기 어려운 구절에 좋아하는 음악을 붙여서 배웠어.

어릴 때 목 틔우려고 동네 공동묘지에 자주 갔어. 공동묘지에 가면 나무 사이에 무덤 두 개가 있었는데 그 복판에 들어가면 엄마 품처럼 아늑한 잔디밭이 있거든. 밤새도록 노래 부르다 지치면 거기서 자기도 했지. 몇 년을 그렇게 했어. 남들은 공동묘지 가면 겁난다고 하지만 나에게 공동묘지는 놀이동산이었고 유일한 노래 연습공간이었기 때문에 겁나지 않았어. 노래 부르고 나면 힘은 빠지지만 후련한 느낌이 들었지.

이십 대 초반에 부산에 있으면서 음대에서 작곡 공부를 했어. 불교음악을 하기 위해서였지. 염불만 가지고는 안 된다 생각하고 불교음악을 보급하기 위해서 나름대로 작곡 공부를 많이 했어. 하지만 아직까지 이렇다 할 성과는 없어. 그동안 뉴에이지 음악을 400곡 이상 작곡했고, 종교음악도 100곡 정도 작곡했는데 내가 만든 것으로 노래를 하려니 너무 많은 도움이 필요하더라고.

지금은 교도소, 고아원, 양로원 같은 데서 재능기부를 하고 있어. 항상 감사하고 기도하는 마음으로 살아가려고 해. 중이 죽어서 잘못되면 소가 된다는 말이 있잖아. 중은 남의 것만 먹고 갚을 줄 몰랐기 때문이야. 평생 소처럼 남에게 일을 해주라는 의미이기도 하지. 신도님들이 갖다 주는 밥을 먹을 때도 빌어주고 먹어야 해. 나는 땅이 없고 밭이 없어 농사를 짓지 못하니까. 옛날에 부처님도 제자들을 데리고 항상 아침에 밥을 빌러 나가셨어. 밥을 얻어먹을 때 그냥 먹는 것이 아니라 그 사람이 잘 되게 빌어주고 먹었지. '빌어먹는다'는 말이 여기서 나온 거야. 그 말이 원뜻과 많이 멀어졌지. 결국 빌어먹는다는 것은 내 입에 들어오는 음식 하나 공기 하나도 공짜가 없다는 말이야. 이 공기도 언젠가는 갚아야 돼. 내 노래 역시 그런 과정 중의 하나인 거지.

"예술가와 승려는 별반 다르지 않아.
어떻게 살든
올바른 구도자의 마음으로
살아나가면 되는 거지."

버스킹으로 수작걸다

-지리산 구례장터

오일장이 섰지만 뜨거운 여름 오후 장터에 있는 사람들은 농산물을 파는 나이든 아낙네들뿐이었다. 시장 안에 있는 지리산 오여사 식당에 모여서 막걸리 한 잔을 걸친 일행은 시장통을 거닐었다. 도시에 익숙해진 삶인지라 느긋한 일행의 걸음걸이가 답답했지만 나는 어느샌가 마음을 비우고 그들을 뒤따랐다.

초암 선생은 가벼운 발걸음으로 앞장 서서 걸었다. 그러다 위안부 평화의 소녀상과 모금함이 있는 가게 앞에 멈춰 섰다. 문은 열려 있는데 불이 꺼지고 주인도 없었다.

"왜 여기에 소녀상이 있을까요?"

"이 가게 여주인이 평화의소녀상 건립추진위원회 사무국장으로 일하고 있어서 그래."

그 말을 뒤로한 채 초암 선생은 옆의 옷가게로 불쑥 들어갔다. 곧 안에서 호탕한 웃음소리와 정다운 인사말들이 터져 나왔다. 가게 주인과 재회의 기쁨을 나누고 있었다. 알고 보니 옷가게도 정체모를 가게도 주인이 같았다. 큰 손과 큰 목소리, 야무지게 묶은 머리를 보니 활동적인 사업가처럼 느껴졌다. 여주인 예리 씨는 큰 걸음으로 가게를 누비며 안을 환히 밝혔다. 갤러리 '수작걸다'라는 글씨가 눈에 들어왔다. 가게 안쪽에 틀어놓은 커다란 검은색 선풍기가 더운 바람을 내뿜고 있었다. 예리 씨는 무더운 날씨에도 시장 속으로 사라졌다 나타났다 했다. 손님이 가게에 있어도 별 관심이 없다. 손님은 손님대로 주인 없이 옷을 보고 있다. 그러고보니 일

행은 모두 어디로 간 걸까. 식당에서 막걸리를 나누어 마실 때만 해도 같이 있었는데 식당을 나오니 모두 각자의 행보를 하고 있는 모양이다.

시장 구경을 하느라 들락거리는데 가게 옆에 놓인 소파에 앉아 있는 최도사의 모습이 보였다. 더위 따위엔 관심없다는 듯 그는 눈을 감고 삼매에 들어 있었다. 사라졌다고 생각했던 차야성 선생도 그제서야 모습을 나타냈다. 장안에 이른 사람만이 장안을 본다고 했는데 그들이 사라진 게 아니라 나는 아직 장안에 이르지 않은 것이었다.

초암 선생은 갤러리 벽면에 붙어있는 철판에 갑자기 그림을 그리기 시작했다.

"왜 여기다 그림을 그리시는 거예요?"

"벽면에 한 점 그려달라고 하길래."

초암 선생이 검은색 마커를 대고 철판에 두드릴 때마다 별들이 쏟아져 나왔다. 철판의 캉캉거리는 소리가 별을 만드는 소리였다. 그리고 그 별 밑에 사람이 있다. 작은 암자에 자세를 잡고 앉아 있는 사람은 무엇을 기도하는 것일까. 그림이 완성될 즈음 도학 스님이 나타났다. 아무도 어디 갔다 왔느냐고 묻지 않았다. 그림을 보던 도학 스님은 바닥을 향해 고개를 숙이고 있던 마른 대나무를 바로 세웠다. 그러자 대나무는 그림과 어울려 옛 정취를 풍기게 되었다.

막걸리 같은 목소리를 가진 예리 씨는 완성된 모습을 보고 만족스러워하며 커피를 직접 갈아서 우리를 대접했다. 초암 선생은 냉커피에는 큰 관심을 보이지 않고 갤러리 안을 돌아다니면서 여러 작품들을 살폈다. 이곳에는 오래된 첼로와 100년된 빈티지 시계를 재결합한 초암 선생의 작품도 있었다. 초암 선생은 시계가 아직도 잘 돌아간다는 사실을 다행스러워했다. 그리고 정각에 시계의 종이 울리는데 너무 아름답다고 아이처럼 웃었다. 그러다 구석에 놓여 있던 둥그런 나무판을 들고서 예리 씨를 불렀다.

"이걸 여기 두면 어떡하나. 빛이 나는 곳에 놔둬야 별들이 제 모습대로 반짝반짝 빛나지!"

초암 선생은 작품을 만든 아버지로서 자신의 자식이 무엇을 위해 이렇게 태어났는지 너무나도 잘 알고 있었다. 넉넉지 못한 형편이지만 우주의 무수한 별을 만들기 위해 비싼 보석을 사서 만든 작품이었다. 빛을 뿜어내기 위해서 태어난 아이가 그렇지 못하고 있으니 속상했을 것이다. 초암 선생은 그 작품을 손에 들고 노란 조명이 잘 들어오는 중앙으로 갔다. 그러자 보석은 총총 빛나며 더 화려해졌다.

초암 선생은 검고 동그란 눈을 굴리다가 옆에 전시되어 있던 청동 잔을 가지고 왔다. 그리고 잔을 자신의 작품 중앙에 올려놓았다. 둥그렇게 뚫린 구멍에 잔이 딱 맞게 들어갔다. 이 잔에 얽힌 이야기를 들어보니 어떤 스님이 인도에 공부하러 잠시 갔다가 가지

고 갔던 돈 20만 원을 전부 투자해서 산 잔이라고 했다. 인도 고승이 썼을 법한 묵직한 분위기를 풍기는 잔이었다. 그 잔이 가운데를 지키고 있자 작품은 더 깊어진 듯했다. 예리 씨는 빛이 잘 드는 곳에 이 두 물건을 같이 놓겠다고 말했다. 예리 씨는 수박과 술을 내놓고 초암 선생은 회와 묵을 시장에서 사왔다. 최도사와 차 선생도 가게 안으로 들어와서 이런저런 이야기를 나누었다.

갑자기 어디선가 다시 나타난 도학 스님은 이 가게 앞에서 버스킹을 하자는 제안을 했다. 초암 선생과 항상 기타를 가지고 다니는 차 선생은 당연한 듯 그러자고 했다. 보통 사람들 같으면 이렇게 무더운 날은 피하려 했겠지만 이들은 그런 계산이 없다. 무작정 부딪히는 것 같지만 즐길 수 있을 때를 놓치지 않는다. 스님은 차 안에 있는 음향기기를 가게 앞으로 가져와 설치했다. 늘 말없이 후배들의 뒷바라지를 자진해서 하는 차 선생이 같이 도왔다.

그렇게 시장통에서 버스킹이 시작되었다. 오늘 장사를 마치기 위해 정리하고 있던 시장 사람들은 놀라워하는 기색을 보였다. 스님은 더위를 잊고 열심히 노래를 불렀다. 그리고 초암 선생과 차 선생도 뒤를 이어 공연을 했다. 초암 선생은 갤러리에 전시되어 있던 아프리카 북을 두드렸다. 기타와 북소리가 섞이고 초암 선생은 이에 맞춰 춤추듯 시장 거리를 활보했다. 무대가 없는 버스킹은 온 세상이 무대다. 초암 선생은 트럭 앞을 잠시 가로막기도 했다. 단순한 객기가 아니다. 덥고 바쁜 일상 속에서 음악의 여유를 즐기다

가시라는 뜻이다. 그 뜻을 알았을까. 트럭 운전사도 마음 좋게 웃으며 천천히 지나갔다. 초암 선생은 그저 지나가는 행인들과 섞여 연주를 했다. 그리고 연주의 끝에서 북을 번쩍 들어 올려 내려치는 퍼포먼스를 했다. 물론 바닥에 닿을 때는 살포시 내려놓았지만 순간 모두의 가슴을 들어올렸던 것은 사실이다.

짧지만 알찬 공연이 끝나고 팬도 생겼다. 공연을 오랫동안 지켜보고 동영상까지 찍던 중년의 남자가 앨범을 사가며 공연이 짧은 것을 아쉬워했다.

영혼의 샘물 같은 술 한 잔 걸쳤으니 장터에서 늙어가고 있는 아낙네들을 위해 버스킹을 하는 건 예상된 일이었다. 뜨거운 노을이 지리산 뒤로 사라지기 전에 소통하지 못해 안달이 난 그들을 지켜보는 것이 내 운명이 되어버렸다. 구경 나온 사람들이 떠나가고 그들은 할일을 다했다는 듯 악기를 챙겼다.

영혼의 연주자

차야성

즉흥시

한 번 돌고

두 번 돌고

네 번 돌고

지구가 돌듯

내 몸 세포가 돌듯

힘을 빼고 춤을 춰봐

거리에 떠도는 어둠

일생을 기다리던 꿈

낯선 객으로 찾아온 그리움

내 몸 골짜기에서

꽃피고 천둥치는 소리

눈을 감고 들어봐

내 박자에 맞추어

느리면서 빠르게

빠르면서 느리게

사랑은 그렇게 하는 거야

"가수들 만나면
모든 힘을 빼라고 말해.
음악은 자기 삶 속에서 나와."

눈을 감고 잘 들어봐. 즉석에서 만드는 거야. 즉흥시야. 겸손하게 하면 즉흥 일기장이라고 해야 되지. 즉흥적으로 지금 내면을 형용하는 거야. 이게 진정한 예술 행위지. 예술은 감각으로 느껴야 돼. 마음 즉 영혼으로 봐야 하는 거야. 안 그러면 느낄 수가 없어. 스님은 목탁 두드리면서 신하고 교감하고 소통하지.

음악의 모체는 사랑이야. 백 명이 넘는 오케스트라가 조수미 하나를 쫙 받혀 주잖아. 그 안에 사랑이 들어 있는 거야. 사랑은 내가 희생하는 거야. 음악을 제대로 하려면 내가 없어져야 돼. 그렇지만 내 존재는 없는데 내 자리가 어딘지는 알아야 돼. 내가 어떻게 하면 이 분위기에 들어가서 재미있게 놀고 베풀 수 있는지 알아야 돼. 남의 소리를 들어야 할 때는 자기 소리를 작게 해야 하는 거지. 그래야 잘 들리지. 강하면 다 싫어하고, 잘못하면 끊어져. 쇠도 그렇잖아. 사람도 그렇고. 그런 사람들은 각이 진 거지. 그러니까 맨날 싸워.

가수들 만나면 모든 힘을 빼라고 말하지. 예술은 자기 삶 속에서 나와. 삶이 강하니까 강하게 나오는 거야. 눈 감고 사람들의 목소리를 들으면 거칠게 살았는지 곧게 살았는지 인성 교육을 제대로 받고 살았는지 알 수 있어. 쇳소리가 나오면 거친 사람들이야. 그리고 아주 온화하고 온순한 사람들은 쫙 깔리는 목소리지 절대 강하지 않아. 내가 그걸 알기 때문에 이렇게 악기를 다루고 몸을 다룰 때는 힘을 다 빼는 거야. 연주를 하고 있으면 불교에서 말하는

해탈이 되는 것 같아. 정말 자기 자신이 없어져. 마음만 남게 돼. 마음이 기타를 쳐. 한 마디로 이게 신의 세계구나 하고 느껴져. 소리가 돌아가면서 춤을 춰. 부산에서 공연을 했을 때 어떤 사람이 나보고 "선생님, 신하고 교류하고 있죠?"라고 말하길래 난 깜짝 놀랐어. 점쟁이인 줄 알았어. 알고 보니 국악 하는 사람이었어. 해탈이라는 게 그런 거 아닐까 싶어.

사실 음악은 고통이 만들어 주는 것 같아. 어머니 뱃속에서부터 자장가를 듣고 어릴 땐 아버지의 국악 소리 듣고 괜찮게 살았는데 아버지가 주독에 빠져서 땅 다 팔아먹고 그러니 얼마나 고생하고 살았겠어. 그러니까 이런 소리가 나오는 거야. 세상에 공짜는 없어. 고통 없이 음악은 완성되지 않지.

음악은 진정한 소리를 낼 경우 치료제가 돼. 생명체의 바탕인 속도, 공간, 시간과 음악의 테크닉인 소울, 바운스, 그루브가 만나면 듣는 사람으로 하여금 생동감을 느끼게 해. 천천히 가다가 빠르게 가고 또 천천히 가면서.

대학에서는 음악이 아니라 음학을 가르쳐. 음악은 감각을 가르쳐야 하기 때문에 수업 내내 선생이 기타를 연주해 줘야 돼. 그래야만 선생의 예술적인 감각이 들어가게 되지. 시간이 걸리지만 기술과 예술이 합쳐져야 창의성이 나오지. 음악학원에서는 각이 나와. 그건 컴퓨터가 더 잘하지. 예술은 각도 아니고 수학도 아니야.

지금은 음악 교육을 받은 사람이 많지만 옛날엔 미8군 생활을 하면서 미국에서 유행하는 걸 받아들였지. 옛날에 음악을 한 사람들은 전부 미8군을 통해 최고 스타들 판을 듣고 카피 행위를 했지. 미국에서 유행하는 게 8군으로 바로 들어왔으니까. 나도 8군 생활을 하면서 미국에서 유행하던 소울 등 여러 가지 음악들을 접하게 되었지. 1967년 경 그때는 음악체계가 잘 되어 있었어. 팀들이 만들어지면 A, 더블A, B, C, D 클래스 따라 봉급이 나왔지. 난 그때 C클래스 하우스밴드를 했고, 16,000원 정도 되는 봉급을 받았어. 오디션도 미국 본토 프로 중에서도 스타급 되는 사람이 와서 오디션을 봤어. 그래서 경쟁이 치열했지. 회사, 매니저가 있고 밴드, 마스터도 있었어. 옛날에는 몸의 감각으로 음악을 했지. 어떤 게 좋다 할 순 없지만 아무리 짜임새가 좋고 서양교육을 받았다고 해도 인생을 많이 살아 보지 않은 사람들의 음악은 가볍고 정적이지. 반면에 나이든 사람들은 동적인 편이야. 그 대신 짜임새는 좀 못하지.

미8군에서 5년 있다가 오케스트라에 들어갔어. MBC에서 13년 가까이 일을 했지. 그때는 서울에 집도 장만하고 하늘 무서운 줄 몰랐어. 철없을 때는 최고급만 보고 살았지. 새로 나온 신형 그랜저 중에서도 우리나라엔 처음 나온 초록색 차를 뽑아서 타고 다녔어. 지금은 걸어 다녀. 편하고 좋아. 낮게 사니까 자유로워. 지금은 악기 실어달라면 운전해서 실어다 주고, 연주해달라면 연주해 주고 나도 이렇게 힘 빼고 살고 있어. 단순한 것이 제일 좋아. 진정성

있고. 목욕탕에서 얘기할 수 있는 사람을 만나는 게 좋지. 근심을 잊고 살라고 하지만 사실 쉬운 얘기가 아냐. 사람을 만나면 복잡해져. 잊고 살 수 있는 이런 시간들이 소중하지. 전기까지 다 끊고 사는 사람이 제일 부러워. 나보다 더 행복한 사람이니까.

나는 지금도 어디 가면 후배들이 많아. 돈 버는 건 일도 아냐. 아직도 내 실력을 인정해 주거든. 그래도 안 가. 왜인 줄 알아? 사람 만나면 밤새 술 먹자 그래. 그러면 내 성격에 거절하지 못하고 내 에너지 다 뺏기고 말지. 그러면 창작 생활을 할 수가 없어.

나하고 비슷한 길을 걸어온 사람들은 지금 대한민국 최고의 자리에 있지. 내가 지리산에 와서 이렇게 사람들 만나고 있는 것도 옛날 철없을 때 같으면 턱도 없지. 여기 오면 아날로그 냄새도 나고 다른 것 같아.

"음악을 제대로 하려면
내가 없어져야 돼.
그렇지만 내 존재는 없는데
내 자리가 어딘지는 알아야 돼."

지구별 떠돌이
최도사

지리산 백수

알고 싶은 것도

배우고 싶은 것도 없어

한 평의 우주에도 걸리지 않고

행복과 불행 사이

바람이 머문 자리

다람쥐도 친구 되고

별나무도 친구 되어

햇빛 속으로

오색노을 속으로

깊숙이 사라지면

나도 없고

세상도 없어지는 거야

"내가 왜 사는지 몰랐어.
이 길이 맞는 건가 아닌가.
도대체 인간은 무엇을 위해 사는가."

어느 날 뚝 떨어졌는데 눈 떠보니 지구별에 있는 거야. 여기 존재하는 모든 것들은 어머니, 아버지라는 사람들이 만나서 만든 거야. 우리 아버지하고 어머니하고 눈이 맞아가지고 내가 태어났잖아. 내가 왜 이런 생각을 했냐 하면 우리 아버지와 어머니가 이혼을 했어. 둘이 안 맞아서. 일주일은 친할머니, 일주일은 외할머니, 어렸을 때 밤중에 여기 갔다가 저기 갔다가 실려 다녔어. 그러니 친구가 없었지. 나 혼자밖에 없었어. 내가 삼대독자야.

삼십 대 후반에 하루에 술을 큰 병으로 한 병씩 먹고 아이들하고 쌈박질하고 시비 걸고 지금도 똑같지만 그때도 그랬어. 내가 왜 사는지 몰랐어. 이 길이 맞는 건가 아닌가. 도대체 인간은 무엇을 위해 사는가. 존재에 대한 고민을 그때부터 한 거지. 미래도 안 보이고 아무것도 없는데. 이렇게 살아갈 것인가. 아니면 여기서 끝낼 것인가 답을 찾을 수가 없었어. 내가 다시 세상으로 들어가려면 다시 나쁜 놈이 되어야 하는 거야. 내가 아이들을 쥐어짜서 돈 타는 방법은 너무 간단하잖아. 그렇게 하려니까 너무 부끄러운 거지.

나도 한때는 욕망과 열정이 있었어. 20년 전에 나도 호라는 걸 갖고 싶었지. 근데 내 맘에 드는 게 하나도 없는 거야. 다 인위적이고. 내 첫번째 아이디가 '아나키스트를 꿈꾸는 바보'야. 두번째 아이디는 '지리산 백수'야.

"나는 어느 날 지구에 왔지만
좀 있다 떠날 거야.
생떽쥐베리의 어린왕자처럼
언제 어디로 갈지는 몰라."

마흔 살에 여기 지리산에 들어왔어. 지금은 매일이 재미있지. 산에 혼자 있으면 알고 싶은 것도 없고 배우고 싶은 것도 없어져. 한 평이 우주가 되기도 하고. 그래서 거기에 희열이 오지. 내가 욕망했던 것이 아니라는 것의 깨달음의 희열. 나는 어느 날 지구에 왔지만 좀 있다 떠날 거야. 생떽쥐베리의 어린왕자처럼 언제 어디로 갈지는 몰라. 여기 살면서 다람쥐 하고도 친구가 되고 뱀하고도 친구가 되고 별나무도 친구가 되었어. 야성이 형도 그냥 친구야. 야성이 형은 기타를 엄청 잘 쳐. 나도 기타를 잘 쳤으면 좋겠어. 하지만 나는 야성이 형처럼 기타를 잘 칠 수가 없어. 왜. 나는 야성이 형이 아니니까. 초암은 우주를 그려. 나는 우주까지 갈 준비가 아직 안 되어서 힘들어. 근데 초암은 하고 있어. 나는 지리산 자락에 스며 들어와서 이렇게 살고 있는데 친구도 생겼어. 가만히 있는데 친구가 생긴 거야. 왜? 난 몰라. 왜 그런지 진짜 모르겠어. 이게 내 답이야. 그냥 모르는 거야.

방구석에서 낑낑거리고 있다가 봄날에 꽃이 너무 예뻐서 밖으로 나갔는데 누군가가 와서 '행복하세요?'라고 물어. 행복과 불행이라는 것은 인간이 만들어낸 관념일 뿐이야. 나비가 날고 꽃이 피는 그것이 행복한 것도 아니고 삭풍이 분다고 불행한 것도 아닌 거거든. 나의 존재만 있을 뿐이지. 꽃피고 나비가 나는 것보다 찬바람이 불 때 더 행복할 수도 있어. 지금 내가 하고 있는 이런 얘기를 개소리라 그래. 다 아는 얘기.

내가 술에 취해서 여기 자고 있잖아. 그러면 누군가가 와서 데리고 가. 그런 걸 나는 걱정 안 해. 나는 행복한데 다른 사람들을 만나면 왜 너한테 있는데 그것을 보지 못하니 하는 생각에 눈물이 뚝 떨어지지.

나 은근 눈물 많아. 음악 듣다가도 울고, 하늘의 별을 보고도 우는데 남들은 내가 전혀 울지 않는다고 생각해. 옛날에는 안 그랬는데 요즘엔 나 혼자 술 먹다가 눈가가 촉촉해지는 경우가 많아. 나는 모든 존재가 다 나보다 낫다고 생각하거든. 내가 제일 못났다고 생각하지. 아무것도 모르는 놈이 아는 척하는 것 그것이 나라는 말이야. 쪽팔림의 눈물이야.

눈물 하니까 베이스 기타를 잘 쳤던 효성이 형이 생각나네. 그 형을 어느 날 문득 만났어. 항암 치료 중에도 기타를 치는데 그 음악이 너무 아름다운 거야. 나는 형하고 조금 더 놀았으면 좋겠다는 욕심에 형이 다음날 항암 치료 받으러 가야 된다는 걸 알고도 이렇게 말했지. “형, 그거 받지 마. 우리 놀러가. 섬진강에서 놀며 하고 싶은 거 해.” 그리고 형을 이리로 데려 왔지. 형은 여기서 굉장히 즐거워했어. 내가 형을 데리고 오지 말았어야 했는데……. 자기는 살면서 이런 걸 한 번도 본 적이 없다고 했어. 근데 어느 날 갑자기 형이 없어져 버린 거야. 그 형은 나한테는 소년이었어. 그 형이 원자력병원에 검진을 받으러 간다고 했을 때 보내줬어야 하는 건데……. 지금도 죄책감을 지울 수가 없어.

작년에 내가 살면서 처음으로 의료보험 등록을 했어. 올 봄에 내 동생들이 나보고 굶지 말라고 통장에 돈을 넣어줬어. 나는 사실 돈 쓸 일이 없잖아. 60만 원이 내 통장에 있었어. 근데 하루아침에 없어진 거야. 그거 찾아서 전기요금 내려고 했는데 없어. 가만히 보니까 의료보험이라는 놈이 다 빼간 거야. 내 평생 살면서 병원 한 번 간 적 없고 의료보험 혜택을 받은 적이 없는데 그놈이 내 돈을 다 빼간 거야. 의료보험료가 한 달에 8천 원 정도 되는데 내가 십몇 년 동안 안 낸 것까지 모두 빼간 거야. 나도 그거 이해해. 그럼 한 달에 두 번만 빼 가면 되지 열 번, 스무 번씩 빼가는 건 너무 야박하잖아. 내 동생들이 내가 굶어 죽을까봐 돈 몇 푼 준 걸 그놈이 다 빼간 거잖아. 내가 여기서 십몇 년을 살았는데 한 번도 그놈 얼굴을 본 적이 없어. "어디 아프신 데 없어요?"라고 단 한 번도 물어본 적 없어. 화가 나서 불질러버리려고 했는데 술에 취해서 못 갔어. 나한테서 돈 뺏어갈 사람 아무도 없는데 그놈의 의료보험이라는 놈이 내 돈을 다 뺏어가더라고. 그래가지고 화딱지가 났지.

우리 집에 있는 것, 내가 걸치고 있는 것 모두 내가 산 게 하나도 없어. 이 부채도 초암이 줬어. 부채에 그림을 그려준 건데 한번 봐봐. 물고기가 눈을 뜨고 잠을 자잖아. 옛날 자물쇠를 보면 물고기 모양이야. 바람이 불면 풍경 소리가 딸랑 하고 울려. 여기 가부좌 틀고 앉아서 이 뭐꼬 하고 있다가 가끔 졸기도 하지. 그러면 땡그랑 하는 풍경 소리 때문에 잠을 깬다는 그림이야. 그래서 '바람 불어 좋은 날'이라고 썼대. 내가 입고 있는 이 옷은 시인 박남준이가 작년 러시아 여행 갔다 와서 선물이라고 사준 거고. 나는 사실 돈 버는 재주가 아무것도 없어. 도학 스님은 그 추운데 노래해서 CD 팔아가지고 그 돈으로 아이들 먹이고 키우고 그러지. 근데 나는 아무것도 안 해. 근데 내가 스님보다 더 잘살아. 이게 참 아이러니지. 스님은 돌볼 사람이 너무 많고 나는 나만 돌보고 사는 거야. 굉장히 이기적인 삶을 살고 있지. 내 삶의 이유는 내 존재야. 내가 존재해야 세상이 존재하는 거고, 내가 없어지면 이 세상도 사라지는 거야. 나는 나를 제일 소중하게 생각하지. 우리 동생들이 가끔 가다 그런 얘길 해. 초극간 이기주의자가 나라고.

나는 아무것도 없는데 내 친구들은 엄청 많아. 여기 소풍 끝내고 다른 곳으로 이동할 때에 그들에게 웃으면서 "잘 있어. 나 다른 공간으로 가." 하고 갈 거야. 내가 왜 우는지 나도 모르지만 나는 지금 행복해. 지금 이 찰나에도 아픈 사람, 병든 사람, 달러를 쥐고 있는 사람이 있겠지. 우리도 그 중의 한 사람일 뿐이야. 그대는 무얼 쥐고 있어?

"나는 나만 돌보고 사는 거야.
굉장히 이기적인 삶을 살고 있지.
내 삶의 이유는 내 존재야."

| 에필로그 |

100여 년 만의 무더위 속에서 '진짜 나'를 찾아 떠났다. 종교 같은 예술 세계에 있는 사람들을 만나며 새로운 세계를 들여다보았다. 그리고 그들과 부대끼다보니 저절로 시가 탄생되었다.

사랑은 번민의 연속이다. 길 위의 예술가들에게서 나와 연결되어 있는 오래된 나무와 달, 그리고 천둥을 느낄 수 있었다. 그들은 사랑의 박동으로 빛나는 자유를 살고 있었다. 원하는 것은 언제나 얻을 수 없고, 모든 일은 각각의 질서에 따라 진행된다. 이에 흔들리지 않으려면 사랑할 대상을 찾으려 하지 말고 스스로를 사랑해야 한다는 걸 알게 되었다.

여행을 끝내며 삶은 결코 소유할 수 없으며 나는 삶의 한가운데 존재할 뿐이라는 사실을 다시 확인했다. 완전한 삶은 나로부터 나온다. 타인이란 존재는 관계 속에서 서로의 모습을 거울처럼 비출 뿐 내 삶을 치유해 줄 수는 없다. 결국 자기 자신이 되기 위해서는 지나온 풍경 속에 머물러 있는 자신을 넘어서야 하는 것이다.

2018년 여름 지리산에서

이다빈

길 위의 예술가들

인쇄일 2018년 10월 10일
발행일 2018년 10월 20일

글쓴이 이다빈

편집 이다빈,신지현
디자인 신지현
인쇄 민언프린텍

펴낸곳 아트로드
펴낸이 신지현
출판 등록 2018년 9월 18일 제010-000154호
주소 경기 고양시 일산동구 강송로169 한주프라자 503호
전화 031-906-6220
팩스 0303-3446-6220
전자우편 artroadbook@naver.com
홈페이지 artroadbook.modoo.at
인스타그램 @artroad_book

ISBN 979-11-964961-0-4 (03810)

이 도서의 국립중앙도서관 출판예정도서목록(CIP)은 서지정보유통지원시스템 홈페이지(http://seoji.nl.go.kr)와
국가자료공동목록시스템(http://www.nl.go.kr/kolisnet)에서 이용하실 수 있습니다.
(CIP제어번호: CIP2018030941)